风月江南

你是我此生最美的眷恋

似水如烟
白衣萧郎

著

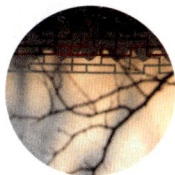

中国出版集团

现代出版社

目 录

序 言

第一辑 梦回江南

柳絮已将春色去，海棠应恨我来迟 …… 008

不要惊醒杨柳岸，往事犹缠绵 …… 013

青鸟不传云外信，丁香空结雨中愁 …… 018

梦里江南总是诗 …… 024

犹记多情，曾为系归舟 …… 030

第二辑 锦瑟年华

只要跟着你，去哪干什么都好 …… 038

人生最好的岁月，是你陪我一起走过 …… 045

风月依旧，艳遇几何 …… 048

我就是我，不一样的人间烟火 …… 053

第三辑 青梅往事

记得绿罗裙，处处怜芳草 …… 062

陌上花开，可缓缓归矣 …… 066

青梅不老，竹马犹在 …… 072

诗书琴话，共你享一世优雅 …… 077

我愿用三生烟火，换你一世迷离 …… 084

第四辑 良辰美景

风月江南，你是我此生最美的眷念 …… 094

睡里销魂无说处 …… 100

游人只合江南老 …… 104

情系江南，恋在西塘 …… 110

与有情人做快乐事，不要问是劫还是缘 …… 113

第五辑　歌楼听雨

有情不必终老，为你守一份清绝可好 …… 120

你是我今生最美的梦，我情愿为你永世不醒 …… 126

三月花事已成灾 …… 130

自能窥宋玉，何必恨王昌 …… 135

今生，我要在最深的红尘里等你 …… 141

第六辑　一帘幽梦

相思本是无凭语，莫向花笺费泪行 …… 148

梦在江南烟雨中，心碎了才懂 …… 155

月满西楼 …… 161

花笺记事 …… 167

问世间情为何物，直教人生死相许 …… 174

第七辑 一去经年

事如春梦了无痕 …… 182

你是我风花雪月的过往 …… 188

如果每个梦都要散场，我又何必念念不忘 …… 194

素衣莫起风尘叹，犹及清明可到家 …… 199

长亭外，古道边，芳草碧连天 …… 204

第八辑 此情可待

曾是惊鸿照影来 …… 214

此情自可成追忆 …… 220

放灯江南，脉脉此情谁诉 …… 226

两两相忘烟水里 …… 233

等到风景都看透，还陪你看细水长流 …… 241

序　言

　　人人尽说江南好，游人只合江南老。春水碧于
天，画船听雨眠。

　　垆边人似月，皓腕凝霜雪。未老莫还乡，还
乡须断肠。

——唐·韦庄《菩萨蛮》

　　诗人说，梦在江南烟雨中，心碎了才懂。那日，船在水
面缓缓前行，周遭的风景入画。仿佛谁在运笔，将一幅写意
山水，在天地之间缓缓舒展。两岸的粉墙黛瓦，朱楼飞檐，
纷纷倒退，诗意横生。待船转过横塘，有阁楼临水而出，谁
家的女子咿呀咿呀地清唱，如花瓣，从雕窗花树间飘落而
下，在清碧的水面，化作涟漪，一圈一圈地荡向远方，让人
绮思不断。

而此时光阴，淡漠而绵长，颇似梦中光景。"前度刘郎重到，访邻寻里，同时歌舞。惟有旧家秋娘，声价如故……"我不是多情的刘郎，却一直醉心于江南的风月与香软。在豆蔻梢头卷上珠帘总不如的竹西佳处，在檀板轻敲唱彻黄金缕的西泠桥，在桨声灯影的秦淮河畔，在昆曲绕梁的一咏三叹里，总使我心戚戚，泪湿衣裳。

　　春水碧于天，画船听雨眠。我是如此迷恋江南，如古时决绝的女子，"妾拟将身嫁与，一生休，纵被无情弃，不能羞"。你的歌榭楼台，你的烟雨画船，你的芭蕉庭院，你的镜里朱颜，你的人约黄昏后，你的待月西厢下，你的望断行云无觅处，梦回明月生南浦。你的才子，你的佳人，柳三变和周邦彦，苏小小和朱淑真，卞玉京和李香君，时时刻刻，分分秒秒，都在我的记忆中流转。我如中了最毒的巫蛊一般，只一味地承受，沉沦，再无退路。

　　光阴流转，往事千年。此刻，且放下书剑，随船家春水煮茶，卧听风雨。远处的粉墙黛瓦，倒影在碧水柳色里，沿河两岸，有客家的灯盏渐次亮起，愈加显得如梦迷离。泊在河边的画舫，与粉墙下的芭蕉呼应着，花落水流红，诗意幽生。船尾有豆蔻梢头的女子，云鬟高挽，在咿咿呀呀地唱着只属于江南的曲子。是《虞美人》还是《南歌子》，是《点绛唇》还是《如梦令》？那吴语侬音，听不真切，别有一番风情。柔婉、缠绵，却又素白、清净，如庐州城里的月光，从林风眠的画里流泻出来。

有花枝摇曳的女子，缓缓移步来献茶。烛光下，她的皓腕凝霜雪，浅笑宴宴，她的脸颊，浮着一抹醉人的嫣红。"夜久烛花暗，仙翁醉、丰颊缕红霞。正三行钿袖，一声金缕，卷茵停舞，侧火分茶。笑盈盈，溅汤温翠碗，折印启缃纱。玉笋缓摇，云头初起，竹龙停战，雨脚微斜。"我知道，这是地道的江南女子，婉约清扬，才倾一方。我知道，她的樱口一开，便会有无穷无尽的风月故事，潮水般涌来。

可是，我还是想念孤山寺下，你给我沏的新茶。那个时候，春江初平，青山隐隐，绿水迢迢。山是眉峰聚，水是眼波横。你似清莲一朵，娉娉婷婷。你泉边汲水，林下煮茶，如《浮生六记》的芸娘，风姿澹然，芳心可可。而我则展了花笺，幽亭下闲闲地坐着，看梅花伴影，红袖藏香，写初月入春林，相思逐潮生。

恍惚间，有花朵簌簌落下。像落在前世的梦里，缥缈，依稀。心事，亦随之在杯盏中沉浮。当年，寓居湖州的落魄才子姜夔，凭借《疏影》《暗香》两曲，赢得石湖老人的眷顾，抱得美人归。"自作新词韵最娇，小红低唱我吹箫；曲终过尽松凌渡，回首烟波十四桥。"在白雪飘飘的江面，一楫小舟，漂泊在江天之间。他们把酒言欢，白发红颜，志得意满，一曲清唱未完，舟子已驶出了垂虹桥。

江水滚滚，千古兴亡。多少才子佳人，都归入历史的尘烟。纵有雄心万丈，心事万桩，有谁知？唯有案上剑花如霜，还伴我，共烛光，话尽沧桑。

周遭的一切，忽然都静了下来。只有温婉的曲子，还飘浮在船外的水面之上。细细的，软软的，仿佛要附着身子，直入到骨髓中去。那种细软，那种温婉，如你的呢喃，在耳畔低低回环。恍惚间，我的心境一下子变得明朗起来，飘逸起来，恍若置身山阴道中。身后的红尘渐渐退去，山道蜿蜒，溪流声愈加清越。斯时，白云出岫，山岚袅袅。俄而有清风徐来，花香逶迤而至。正在我诧异之际，你已携了绿绮，候我于花树之下。你的眉眼盈盈，白衣似雪，风吹衣动，翩翩似仙。

你扑进了我的怀抱。你说陌上人如玉，公子世无双。你说你是属莲的女子，心里珍藏一个最美的江南，已年复一年，而今你要把这清简的情意流淌在琴音里，要随清风明月，伴我行走江湖。你婉转莺啼，抱琴而歌，有清越的琴音，从你纤细的指端，汩汩而出。那绝美的音色，随着清风明月，汇入花溪、山川，泱泱荡荡，与天地融为一体。彼时，明月在花树间升起，花雨纷纷扬扬，飘落在你的身旁，让人恍若隔世。我在你绝美的音色和倾城的温柔里沉浮。不知归路。

韦公子说，"琵琶金翠羽，弦上黄莺语。劝我早还家，绿窗人似花。"不知什么时候，雨已经停了。月光从树梢间升了起来。有人从酒肆里走出，从明明灭灭的人间烟火里走出。待我再回首时，船已摇出了双桥，身后的万千繁华，仿佛都隐进了画里。朦胧，迷离，不带一丝的爱恨情仇。

白衣萧郎
2015年7月17日
于北京

梦回江南

第一辑

柳絮已将春色去，

海棠应恨我来迟

梦入江南烟水路，行尽江南，不与离人遇。睡里消魂无说处，觉来惆怅消魂误。

欲尽此情书尺素，浮雁沉鱼，终了无凭据。却倚缓弦歌别绪，断肠移破秦筝柱。

——北宋·晏几道《蝶恋花》

　　江南之美，美在小桥流水，诗意温婉；美在烟雨迷离，风物万千。那天，我一边倚着美人靠，赏玩西湖的烟雨。一边听着店家小二哥的叫卖，品尝美味的糕点。突然间觉得，其实一个人行走，一个人独处的时光也是蛮惬意的。可以完全由着自己，见花赏花，见月赏月；穿街过桥，遇水行舟。或是在古镇人家的客栈，读几卷诗篇；或是在美人靠上，写几行短笺，将所见所闻所思，遥寄古人。

烟雨、楼台，碧荷、绿水。在天青色的烟雨中，漫步西子湖畔，堤边的柳丝袅袅，仿佛江南人家垂下的珠帘，遮挡着远山近水。而雨落翠盖，滴答滴答，听来别有一番滋味在心头。

"柳絮已将春色去，海棠应恨我来迟。"因为太贪恋这里的一山一水，我的脚步走得很轻，很缓。店家小哥的叫卖声，依然可闻。仿佛江南人家的糕点，满口香甜，惹人回味无限。喜欢这里淳朴的民风，更喜欢这里柔美的记忆。

《挥尘录》说："姚舜明庭辉知杭州，有老姥自言故娼也，及事东坡先生，云：公春时每遇暇，必约客湖上，早食于山水佳处。饭毕，每客一舟，令队长一人，各领数妓任其所适。晡后鸣锣以集，复会圣湖楼，或竹阁之类，极欢而罢。至一二鼓夜市犹未散，列烛以归，城中士女云集，夹道以观千骑骑过，实一时盛事也。"

江南一直是我心底的梦。走遍江南，赏遍江南美景，一直是我的心愿。走过很多的路，遇过很多的人，可真正能够给我留下回忆的，似乎也只有杭州和乌镇了。

浮生苦短，为欢几何，能与知心的人儿一起，
做自己喜欢的事情，或漫步江南小镇，水榭花轩，吟风弄月，
或隐居深山之巅，访僧问尼，花下问禅。
尽享山水之乐，四时之好，方不负此生。

记得那年去乌镇，从桐乡乘大巴，两个小时的车程。恰逢江南雨天，车窗外的村舍绿植，朦朦胧胧，雨声滴答，哩哩啦啦，仿佛一阕声韵玲珑的小令，在我的眼前交替掠过。

只是那时的脚步匆匆，虽说也在乌镇游玩了几日，却是风行水面，走马观花。最后竟连一个字也没有留下，心中颇有遗憾。也许，这也是此后我不断往来杭州、乌镇的缘故罢了。

乌镇的风土人情，和杭州、南浔和西塘着实有着许多的相似之处。一样的枕水人家，一样的舟桥相连，一样的诗意萦绕，一样的惹人沉沦。周邦彦词云："前度刘郎重到，访邻寻里，同时歌舞。惟有旧家秋娘，声价如故……"

记得那晚，我一个人幽幽地行走在乌镇的西栅，两边的长街曲巷，仿佛水墨的画卷在静静地伫立着，我的影子，被月光拉成细长，模糊中颇像一首无韵的诗行。再往前行，河道内的五彩射灯，照得整个帮岸的枕水人家，如梦如幻，有一种不真实之感。仿佛一下子就让人置身于久远的梦境之中。

彼时的西栅，部分区域还在修缮之中。为了保护古镇的原始风貌，西栅的原住居民，悉被迁往别处暂住。也好，虽说少了一点江南的烟火气色，倒多了一种无以言说的幽静。让那些河道古宅栖息的幽灵，也得以安宁。

轻烟漠漠，杨柳依依。当我沿着这座被诗意和才气萦绕的湖山漫步的时候，我一点也不感到孤单。我的脑海里，那些久远的记忆和过往，便如一帧帧绝美的画卷接踵而来。晏公子说，"梦入江南烟水路，行尽江南，不与离人遇。"我没有他那样的感伤和孤单，反倒有无数的朋友在陪伴，鲍仁与小小，白娘子和许仙，梁山伯和祝英台，那些美好的流年，那些动人的画卷，原来，一刻也不曾走远。

他们就在我的心底，幽居千年，仿佛一坛花雕老酒，醇美得让人不愿醒来。

不要惊醒杨柳岸，
往事犹缠绵

东城渐觉风光好，縠皱波纹迎客棹。绿杨烟外
晓寒轻，红杏枝头春意闹。

浮生长恨欢娱少，肯爱千金轻一笑。为君持酒
劝斜阳，且向花间留晚照。

——宋·宋祁《木兰花》

如果说江南是梦，那么，同里便是梦里的花开。犹菊
开东篱，是一种别样的美丽和风情。也许她并不为所有人熟
知，她只安静地伫在时光一隅，在杨柳岸边，在深闺梦里，
幽婉，静默，安然如初。

桨声灯影里摇曳开的流光，是过往岁月中斑斓葱郁的梦境。古朴的诗意，宁静的时光，这些在现代大都市里越来越稀缺的气质和意象，在同里身上显得无处不在，这种纯朴的美丽，也令越来越多的人，为之痴迷。

只因，同里的美，维系了我们心底对古老江南的某种记忆和执念。

光怪陆离的都市生活，喧嚣而嘈杂，也使得人们的心灵，很难得以真正的平静，于是，越来越多的人，渴望一种心灵的回归。在同里，这个曾经被许多人逐渐遗忘的古老江南水乡，如今，又成了许多人寻梦的原乡。

同里的美，犹如江南女子，身上有着说不出的风情和气韵，只消一眼，心便会沉溺，便会深深地爱上。从此，变得无法自拔。

而同里，并不属于任何人，无论是生在这一方水土的人们，抑或是偶尔路经这里寻梦的旅人，对于同里而言，都只是匆匆的过客。可同里，依然会用如水的情怀，容纳下了所有来到这里的人们。

就如此刻的我，有一天，终归也要离开一样。而我已经非常地知足，在菲薄的流年里，在这一段如水的时光里，我

趁着春光尚未老去之前，去看一朵花，看一片云，看一场风，去看看大自然里的一切有情众生。去聆听花儿的私语，聆听云朵的感悟，聆听风儿的梵唱。

曾经如此真实地走近同里，走近同里的人文历史，曾真实地触摸过华夏古文化特有的诗情和风韵。

有诗人说，"不要惊醒杨柳岸，那些缠绵的往事"。我不敢惊醒那些往事，可自己，却已深深地沉溺其中了。我相信，同里和我，前世，一定有着很深的渊源。

也许，在千百年之前，我和同里就已经定下了今日之盟约。是的，这是一场我们曾经的约定，所以，冥冥之中，我便赴约而来。

四年之前，我曾独自一人去了乌镇。除了原始的古镇外，并没有太大的风景入我眼，因而也不曾留下只言片语。在离开的那天，我安慰自己，就把最真最美的梦，留在深深的记忆之中吧。而四年之后，姗姗来迟的我，终于走近了你，同里。我是如此地欣喜，惊喜于你所给予我的每一次惊艳和感动。

有时候，我甚至怀疑，前世我们是不是就有过不同寻常的遭遇呢？要不，我怎么就这么深，这么深地痴恋着你呢？

世间的每一次相遇，都是久别重逢；人与人之间的重逢，原本就是上天的注定。我突然又想，人与风景之间的邂逅，似乎也并非无缘无故。好比此刻，我在同里的一隅，读白衣的诗篇，品明前的龙井，冥冥之中，时光之手，早已在缘分的天空，为我，也为你，和同里安排了这样的一场约定。

想起江南的女子，幽幽地走过烟雨的小巷；想起风流倜傥的才子，白衣飘飘，曲水流觞；"行穿窈窕，时历小崎岖，斜带水，半遮山，翠竹栽成路"。今日无酒，心，却已然为你醉倒。可我却不想为你沉醉不知归路，我还要留下些许的清醒，将你秀丽的容颜和风情，刻在我的眉间、心上。

同里，是落在心上的江南梦，温婉、风情。粉墙黛瓦，那幽深的古巷，不知深藏了多少伞下的邂逅；蚱蜢兰舟，那低垂的杨柳岸，不知又上演过多少才子佳人的缠绵。

而凡是来过同里的人，绝不会空手而归的。同里用水乡的杨柳轻烟，为旅人们抚平心底的躁动。只因，同里是一方可以安置我们心灵的净土，会洗净尘世的迷烟。这样子的心灵之旅，一生哪怕能有过一次，也便无憾了。

杏花烟雨江南，小桥流水人家。同里，是诗，是梦，更是我心底最深的眷念。如果有一天，倦了天涯漂泊的我，选择了回归，那么，这江南水乡的同里，必是我唯一的选择。

青鸟不传云外信，
丁香空结雨中愁

画桥流水，雨湿落红飞不起。月破黄昏，帘里余香马上闻。

徘徊不语，今夜梦魂何处去？不似垂杨，犹解飞花入洞房。

——宋·王安国《减字木兰花》

每次去江南的水乡古镇，总会有意无意地拐进悠长的小巷，在粉墙黛瓦，青石板路，溜达闲逛。有时候恰逢小雨，雨丝一点一点地落下来。打在人家的丁香花树上，也打在我的油纸伞上，青眼蒙蒙，让人心生恍惚。每当这个时候，我的脑海里总会浮现出戴望舒的《雨巷》。

> 撑着油纸伞，独自
> 彷徨在悠长，悠长
> 又寂寥的雨巷，
> 我希望飘过
> 一个丁香一样的
> 结着愁怨的姑娘。

　　想象一下吧，将近黄昏细雨沙沙，在江南的一个古镇小巷，雨水沿着人家的屋檐，滑过墙壁上的青苔，缓缓地落下来，不知谁家墙角的丁香花，幽幽地探出墙外。悠长的小巷被雨水洗得锃亮，一溜的青石板延伸向远方，彼时，一个腋下挟着书卷，洒脱清逸的诗人，转过墙角，突然与迎面而来的打伞女子邂逅。那女子的身影纤细，眼眸里有着淡淡的忧伤。诗人尚未来得及打量，那女子已经飘然而去。望着女子远去的背影，诗人陷入了长长的沉思。雨巷里，只剩下丁香淡淡的幽香……

　　据说当年，年轻的诗人戴望舒路过江南雨巷，于无意中邂逅了一位打着油纸伞的江南女子。女子飘忽的身影，幽怨

江南是诗，是画，是说不尽的忧伤，道不完的情思。总有一个结着愁怨的姑娘，仿佛江南的化身，让人魂不守舍，朦胧中，谙尽相思滋味。

的眼神，还有擦肩而过的背影，给诗人留下了无数的幻想。诗人从此朝思暮想，不得救赎，他挥笔写下了这首忧伤的诗行。天晴之后，诗人赶紧往返旧地，希望能再和姑娘邂逅，可是，长巷悠悠，门环依旧，青苔依旧，却再也见不到那个哀怨的眼神了。也有人说，后来诗人大病不起，夜夜梦游，如痴如狂……

江南是诗，是画，是说不尽的忧伤，道不完的情思。那个结着愁怨的姑娘，便是江南的化身。她淡淡的，幽幽的，若即若离，仿佛丁香，盛开在江南的枝头。让人魂不守舍，朦胧之中，谙尽相思滋味。

丁香虽是江南人家寻常的花卉，庭前院后随处可见，似再普通不过了。但在文人墨客的眼里，笔下，丁香却有着极为风雅的意象，她长在粉墙黛瓦的江南，长在儒雅书生的窗前，长在深闺小姐的后院；她与兰花相伴，池莲为邻；她吟咏过书生的诗篇，也偷窥过小姐和书生的幽欢。她清雅，幽娴，仿佛又有万千心事，欲吐又敛。李璟词云"青鸟不传云外信，丁香空结雨中愁"，李义山亦说，"芭蕉不展丁香结，同向春风各自愁"。

你说，丁香文静，纤弱，内敛而又矜持。宛如江南的女子，娴静优雅，楚楚动人中凝结着惹人疼怜的清愁和忧伤。

记得那次我们去江南，在古镇周庄，相约去姚氏茶馆喝早春的第一道茶。你许我去玉倾城的店铺，求一枚好玉，留作我们爱情的见证。从客栈到茶肆，绕过一个街市，再转过一条小巷就到了。早晨的轻雾，若有若无地飘浮在江南人家的庭前屋后，我们手牵着手，沿着小巷往前走。

行经半路，天空突然下起雨。蒙蒙细雨，很快便打湿了我的裙裾。我敛裙，可薄薄的白裙贴紧我的身，露出我无瑕的肌肤。我羞涩而赧颜，想要躲藏，却终是无处可逃。你看出了我的难堪，瞬间拉我进怀抱。你说我是江南最美的丁香，清净无瑕，惹人疼怜。

可是，那天的雨下得突然，也停得迅速。我在你怀抱，还没感受尽爱的温情和美好，天空已经晴了。可是，我还没有来得及将刻了你我名字的玉佩赠送给月老，沧海已经桑田了。那枚玉倾城的美玉，此刻还在我的胸前静静地泊着，亦在我的心底，化作一个永恒的记忆，宛如爱情，还在江南，盛开着最初的美好和坚贞。

春到江南，丁香花开满了人家的庭院。淡淡的花香，无所不在地弥漫。我不知道，那天之后，你去了哪里。我也不知道，我写的书简，你是否真的没有收到。"偏怨别，是芳节，庭下丁香千结。宵雾散，晓霞晖，梁间双燕飞。"那个春天，那个江南，那个玉佩上的誓言，早已消失了不见。

　　此刻，我又重访江南，我撑着油纸伞，重走我们走过的雨巷轻烟。墙外的丁香，花枝葳蕤，开在人家的屋檐，铜锈惹门环，青苔写满了誓言。有白衣红颜，携手共伞，幽幽地走过人家的江南。丁香依旧，人面依旧，我不知道，那份爱情最初的美好，是否还停留在原地，花香旖旎。

梦里江南总是诗

少年听雨歌楼上，红烛昏罗帐。壮年听雨客舟
中，江阔云低，断雁叫西风。

而今听雨僧庐下，鬓已星星也。悲欢离合总无
情，一任阶前，点滴到天明。

——宋·蒋捷《虞美人》

柳拂波光，水映瓦当。行走在三月的西塘，处处春光摇
曳，艳溢香融。就连潮湿的空气里，流转着的也是一抹微薄
的香软和迷离。这座千年古镇，早已获得江南的精髓，无论
人文，地理，风物，民俗，无不流淌着别样的江南韵味。

烟雨长廊，那斑驳陆离的老墙，写满了沧桑，不知醉过春风几度？青苔暗生的旧瓦檐，那是诗人唇齿间未完待续的一段水墨时光。一扇扇古旧的老轩窗，将一帘蓝印花布静静地掩映在天光水色之间，不知窗后，又是谁家的女子，容颜依稀，盼郎早归？

我一边走一边想，想古镇的江南，想遥远的女子，想先民的生活，在重叠交换的画面中，有一种不真实的游离感，不知今夕何夕，身在何处。不知风从何处来，店家的酒旗招展，更让我梦回故里。

而向晚的青石街头，在灯笼的点亮和问候来临之前，光阴熹微，南来北往的人们游走其间，仿佛行走在古旧的历史画卷之中，诗意顿生。

我忽然想，人的记忆，也许，一些是与生俱来的。就如三毛曾经踏过的那一个非洲的小镇，当她的脚步踏上那一块土地时，她前生的记忆开始被唤醒，她忆起了在那个地方的种种前生的往事。

而这，并非无稽之谈，我想自然界一定存在着某种神秘不为人知的力量。只是因为未知，才显神秘，才会让人感觉不可思议，但那却一定是真实地存在着的。

前尘若梦，譬如江南。

周遭的一切，忽然都静了下来。只有温婉的曲子，还飘浮在船外的水面之上。细细的，软软的，仿佛要附着身子，直入到骨髓中去。

在我累积的记忆里，我有在这里生活过的记忆，一些似模糊似清晰的影像，重叠在我的潜意识里。而这种感觉，激起了我心底的写作激情。那几乎是一种宗教信仰般的狂热。这在我过往的岁月里，从不曾出现过。

也许，冥冥中便有着这样的一种牵引，仿佛寻梦，我来到了西塘。一好友曾经戏言，美人如玉，尽可一生交付。而我想，西塘于我而言，便恰正是如此，尽可将自己的一生都交付。

此刻，我在案前掩卷焚香。这样的静好时光，这样的素净文字，刻录下的，都是我在这一段葱茏时光里，一些切身感受。是独一无二的韶光流年。因而，连文字也是不可复制的。

而人的情感亦是如此，不经历过一段刻骨铭心的情缘，写下的情感文字，大多是肤浅的，苍白的，只是为赋新词强说愁的说辞，一些表象被极端夸大了的虚幻。当一个人，过尽情感的千帆之后，那时的心境，会是一种澄明，一种回归于真实的返璞归真。

红尘纷扰，在被物欲充斥的时代，好在还有西塘，还有这样一处能让人的灵魂沉静下来的江南水乡。

这里的山水时光，被千百年的江南文化滋养着，浸淫着。每一个来到这里的人，都会被深深震撼。阁楼，雨巷，小桥，流水，我的目光所及，无处不是诗意和浪漫，在氤氲弥散。

西塘，就是这样，让人不由自主地安静下来。

从不曾设想，踏上这片土地，会有什么样的际遇。可真真切切来到西塘，我发现周遭的一切，都有一种让人欲罢不能的快感和欣喜。我眼前的游人，牵手双双，一脸甜蜜。就连桥下的船娘，那一声声悠长的吴越调子，也让人陶醉沉迷。

春暖花开的时节，我想，实在不该再去怀念冬天的忧伤。

放飞一段不属于自己的过往，就会迎来真正属于自己的明媚阳光。你看，春暖了，花开了，在莺飞草长的河岸，放心情一段明媚时光。融入山色，融入湖光，融入西塘。让西塘古老的时光，明媚成眼底最亮丽的风景，淡忘心底的忧伤和彷徨。

只因这是西塘。这里的山水被灵性赋予，这里的时光被诗意浸染。即便只是一个匆匆的过客，但在心底里留下的，也将是毕生难忘的记忆。

多少次，我梦归江南，一个人又幽幽地走过那条悠长悠长的雨巷。在临水人家的阁楼，我又听着夜半船娘的摇橹声，在古老的雕花大床上进入梦乡。

那些关于江南，关于西塘的梦，总是做得连绵起伏，花事玲珑。在如梦如幻里，生生地多出了一份倚盼，意韵绵绵，回味悠长。

犹记多情，
曾为系归舟

一叶扁舟轻帆卷，暂泊楚江南岸。孤城暮角，引胡笳怨。水茫茫，平沙雁，旋惊散。烟敛寒林簇，画屏展。天际遥山小，黛眉浅。

旧赏轻抛，到此成游宦。觉客程劳，年光晚。异乡风物，忍萧索、当愁眼。帝城赊，秦楼阻，旅魂乱。芳草连空阔，残照满。佳人无消息，断云远。

——宋·柳永《迷神引》

烟花三月下江南，满眼绿色惹人怜。

春到江南，草长莺飞，姹紫嫣红。天青色的河渡口，那碧绿碧绿的一泓春水，一晃眼，便把沿岸的湖光山色，都渲染上一层薄薄的绿意，仿佛春的霓裳。又如一个待嫁的娇娘，羞羞答答的，百媚千娇，惹人疼怜。

江南春色如许，桃花娇艳，梨蕊素白，杏花粉嫩，丁香芬芳，连翘鹅黄，樱花妩媚，紫藤梦幻，凌霄志远。在春的大地上，各色花儿争奇斗艳，她们一起唱响了春暖花开的序篇，也把人间江南，装扮成了花的海洋。

平生极爱桃花，除了桃花，还有一样最喜的便是杨柳。

春天，若是没有了杨柳，定然是要失色三分的。

你看，"碧玉妆成一树高，万条垂下绿丝绦。不知细叶谁裁出，二月春风似剪刀。"不管是房前屋后，还是河边渡口，那满眼的春色，都要柳色来装点。我想，杨柳和水，也定然是有着某种不解之缘的。也许千百年前，它们便已私订了终身。要不，你看凡是生长于水之湄的杨柳，都会特别地婀娜和妖娆，它们长长的柳丝垂下，与春水不停地纠缠着，嬉戏着。那份说不出的灵性和默契，便是因了水的滋养和润泽。

"西城杨柳弄轻柔。动离忧，泪难收。犹记多情，曾为系归舟。"我突然就想，若是杨柳离开了水，会不会像一个芳华绝代的女子，因为失去了疼爱她的男子，便变得萎靡不振，整日得个病恹恹。这个想法也许有点奇怪，可我却愿意相信，它们之间是有这样子一种因缘的。

"野店桃花红粉姿，陌头杨柳绿烟丝。不因送客东城去，过却春光总不知。"杏花烟雨江南，小桥流水人家。遇见最美的江南古镇，这个春天的心底里，便有了不一样的芬芳，不一样的不舍。

江南自古以来，都是繁华富庶之地，而生长在这一块土地上的人们，更是尽得了江南山水之灵秀。江南的山水和文化底蕴，也因此吸引了史上一大批优秀的文人墨客，为之痴迷流连，也留下了许许多多脍炙人口的传奇和佳篇。

"东南形胜，江吴都会，钱塘自古繁华。烟柳画桥，风帘翠幕，参差十万人家。云树绕堤沙，怒涛卷霜雪，天堑无涯。市列珠玑，户盈罗绮竞豪奢。重湖叠巘清嘉，有三秋桂子，十里荷花。羌管弄晴，菱歌泛夜，嬉嬉钓叟莲娃。千骑拥高牙，乘醉听箫鼓吟赏烟霞。异日图将好景，归去凤池夸。"

其中最为著名的，莫过于柳永的这阕《望海潮》了。文

向晚的青石街头，在灯笼的点亮和问候来临之前，光阴熹微，南来北往的人们游走其间，仿佛行走在古旧的历史画卷之中，诗意顿生。

字寥寥，却写尽了江南的山水秀美，富庶丰饶。据说当年金国的国主完颜亮，就是因为看了柳永的这阕《望海潮》后，"重湖叠巘清嘉，有三秋桂子，十里荷花"。思慕江南繁华，人文厚重，便起了举兵入宋的念头。

想想也是，当年的完颜亮即便贵为大金国主，整日过着鲜衣怒马，养尊处优的奢华生活。但毕竟身处偏僻苦寒的塞外，哪里见得过江南如此曼妙旖旎的景致？举兵南下，侵吞大宋，长享繁华，似乎也是料想之中的事情了。

如此想来，大金帝国的完颜亮，也算是当年柳七公子不折不扣的粉丝了。他为江南的繁华和富庶所折服，那烟柳画桥，风帘翠幕后的十万人家；还有市列珠玑，户盈罗绮的豪奢，那种温柔富丽，岂是塞北的粗犷雄浑所能比拟。终于，完颜亮抵挡不了江南的诱惑，他要把江南的美景，江南的富庶，统统收入自己的囊中。

尽管，完颜亮最终没能灭宋，反而连自己的帝位也丢了，并落得个"金以儒亡"的评价。但大金对汉文化的倾心，对江南的向往，已是不争的事实。

《三国演义》的开篇词里说，"滚滚长江东逝水，浪花淘尽英雄。是非成败转头空。青山依旧在，几度夕阳红。白发渔樵江渚上，惯看秋月春风。"那些历史的恩怨，还有关于江南的旧梦，早已消失不见。唯有渡头杨柳青青，还在年复一年地绿着。"瘦马驮诗天一涯，倦鸟呼愁村数家。扑头飞柳花，与人添鬓华。"

一滴雨水，悄然飘落于我的脸颊，放眼望去，水面上已是波纹点点。几许烟雨，朦胧了眼前的画面。仿佛还是千年前的某个时候，碧柳青桥畔，那是谁的一袭素衣如雪，眉黛含烟，在轻拈兰花指，漫抚瑶琴？风吹佩兰，一剑飘香，又是谁的一身白衣翩袂，在轻踏烟尘，打马走过烟花三月的江南。

岁月辗转，流年暗换，有多少芬芳，淡化成昨日泛黄的记忆。只有那些关于江南的旧梦，且远，且近，且清晰。

锦瑟年华

第二辑

【梦江南·清烟吟月一帘孤】 / 创建者：几鱼

只要跟着你，
去哪干什么都好

小桃枝上春来早，初试薄罗衣。年年此夜，华灯盛照，人月圆时。

禁街萧鼓，寒轻夜永，纤手同携。更阑人静，千门笑语，声在帘帏。

——宋·王诜《人月圆》

那天，在乌镇客栈，晨曦透过纱窗，在地面落下虚实交叠的画卷。你突然走过来，依在我的耳边幽幽地说，梦在远方，趁年少气盛，我们去看最美的风景。

我从背后抱着你，好一阵雀跃。是啊，青春正好，我要

038

随天底下最好的公子，去仗剑策马，行走天涯，看人生最美的风景，活一个潇潇洒洒。浮生苦短，为欢几何，能与知心的人儿一起，做自己喜欢的事情，或漫步江南小镇，水榭花轩，吟风弄月；或隐居深山之巅，访僧问尼，花下问禅。尽享山水之乐，四时之好，方不负此生。

你问我去哪。我低首不语，心里却乐开了花。这么多年来，你一直宠着我，凡事都要征询我的意见，听从我的心意。我知道，非你没有主见，是你一直把我当作最好的知己红颜。古人叹知音难遇，岂不谬哉。我笑望着你，窗前的晨光氤氲，我眼前的你，恍如天人。

你这个坏坏的公子，何故要明知故问。

我欲笑又敛，我的心思，你果真不知？

昨夜你读沈先生的诗句给我："我行过许多地方的桥，看过许多次数的云，喝过许多种类的酒，却只爱过一个正当最好年龄的人。"我插嘴说，不知如今的边城，是否还和当年一样。你说不管什么地方，只要我出现的地方，风景都会绚美异常。闻言，我笑靥如花。我知你想带我去凤凰。其实，去哪都无关紧要。只要跟着你，此生，去哪里干什么都好。

安妮宝贝说，一个人看寂寞的风景，两个人看绚丽的风

一程有一程的风景。人生很多时候，只能是共走一段曾经的时光，我们终究是不能把属于另一个人的风景，完全纳入自己的版图。懂得远远地欣赏，与其说是一种不可得的无奈，倒不如说是一种放下的洒脱。

景。而我亦知，把时间浪费在美好的事情上，诸般不美好都可温柔对待。在路上，你特意为我买了时尚的旅游杂志，杂志的封面是一张色彩绚丽的古城夜景，烛火和白炽灯在屋檐下散发着暖暖的黄，蓝瓦被染得渐显灰色。远处还有秀丽的山脉，如此安谧，如此幽静，我想，那里的人该是与世无争的吧。

杂志成了我们的寂寞客。大多数时间，我们都是在聊天。聊网上看到的凤凰，聊沈从文当年怎样死缠烂打地追逐张兆和，你给我背沈先生给张先生的情书："我这时还是想起许多次得罪你的地方，我的眼睛是湿的，模糊了。我先前对你说过：'你生了我的气时，我便特别知道我如何爱你。'我眼睛湿湿地想着你一切的过去！我回来时，我不会使你生气面壁了。我在船上学会了反省，认清楚了自己种种的错处。只有你，方那么懂我并且原谅我。"

到达凤凰，已是夜半时分。夜色中的凤凰，朦胧，迷离。美如童话。

收拾行李，安顿下来。

今晚，我不赏风景。今晚，我只要你的陪伴。今晚，我要和你谈谈心，说说话。人生风景万千，赏花不过两三支。唯愿人世尽处，我们还能时时刻刻，温柔相守，不离不休。

一大早醒来，窗外有籁籁雨声。推开窗子，整个凤凰已入眼眸。烟雨迷离，如梦如幻，空气中仿佛还有流动的轻烟，扑窗而来，让人恍如置身半山之间。这般天气，最适合寻梦的人。街道上，南来北往的游人带着伞，悠悠地行过茶馆、酒肆和客栈。

因为雨雾，你要我们同撑一把伞，你的手紧揽我的腰身，一股温热的气息，在我的周身弥漫。突然就想起沈先生的温柔。"乍醒时，天才蒙蒙亮，猛然想着你，猛然想着你，心便跳跃不止。我什么都能放心，就不放心路上不平静，就只担心这个，因为你说的，那条道路不好走。"原来，你亦有着同样的心思和温柔。生怕我的高跟鞋，在雨滑的青石板路不好走。

古城内四门相对，格局正方紧凑，各色店铺，鳞次栉比，颇有湘西当年的风情。

我们手挽着手，逛新鲜的花市，逛古玩店，逛茶馆和酒肆，看各色琳琅的土特产和饰品。偶尔用相机摆拍一些构图古怪的相片。那个时候，你负责打伞拍照，咔嚓咔嚓；我负责美貌如花，睥睨天下。细雨飘落在你的眼角眉梢，晶莹剔透，宛如古代的男子，鬓发入眉，儒雅英俊。我一路追随，心底满满的，都是无以言说的幸福。

细雨蒙蒙，我们行经的每一个地方，都被诗意萦绕，无比美好。那天，我随你走过客栈，古店，茶肆和酒馆，此间所见，一花一草，一风一月，都被写满了风雅逸趣，在眉梢，在唇角，在烟水过往里，开成了芰荷香飘。

沈先生说："一个白日带走了一点青春，日子虽不能毁坏我印象里你所给我的光明，却慢慢的使我不同了。一个女子在诗人的诗中，永远不会老去。"

在诗人走过的沱江，在细雨如织的江南，紧牵你的手，我一路随你走。那些你许我的深情和温婉，仿佛乌篷轻摇，在最深的心底，被我窖藏成宝，永世不老。

人生最好的岁月，
是你陪我一起走过

东风又作无情计，艳粉娇红吹满地。碧楼帘影
不遮愁，还似去年今日意。

谁知错管春残事，到处登临曾费泪。此时金盏
直须深，看尽落花能几醉。

——宋·晏几道《玉楼春》

若是说起江南，首先让人联想到的，便是水。江南的神
韵，美在如水一般的温润。是这一方的山水，滋养了这一块
的土地。仿佛整个江南，都是水做的。细雨的幽巷，碧水的
渡口，家家户户的小桥流水，就连深闺中那个忧伤的女子，

045

一湾春水涓涓，仿佛有万千心事，都在眼眸之间。

"古木阴中系短篷，杖藜扶我过桥东。沾衣欲湿杏花雨，吹面不寒杨柳风。"春日的江南，那淅淅沥沥绵延不断的雨丝，将江南的葱绿和诗意，更添了几分柔情和迷离。

漫步于烟雨迷离的江南，我的思绪，不觉间，已在烟雨美景中浮沉。心也跟着雀跃，一路行来，那打捞起的一阕阕唐诗宋词，仿佛缤纷诗意，溅玉喷珠，异彩纷呈。

客愁看柳色，日日逐春深。
荡漾春风起，谁知历乱心。
客愁看柳色，日日逐春长。
凭送湘流水，绵绵入帝乡。

千百年前的某个春日，当白居易吟哦着"江南好，风景旧曾谙。日出江花红胜火，春来江水绿如蓝。能不忆江南？"时，整个江南的绿意，早已在乐天的笔下化成了一幅永恒的画面，朦胧迷离，诗意盎然。

那天，我们在临水的轩窗，吟读诗篇。窗前的芭蕉摇曳，你忽然俯近我的耳边，幽幽地对我讲起了蒋坦和秋芙的爱情。

清代蒋坦的《秋灯琐忆》里记载，一日蒋坦在窗前读书，恰逢秋雨，秋芙窗前种植的芭蕉，已叶大成阴，荫蔽窗台。风吹雨落，芭蕉发出滴答滴答的声响。蒋坦便戏题了断句于叶上："是谁多事种芭蕉，早也潇潇，晚也潇潇。"然后让丫鬟递交秋芙。秋芙见状，便在叶上续书："是君心绪太无聊，种了芭蕉，又怨芭蕉。"两人一问一答，情趣暗生。

我戏笑你，什么都不记得，偏记得这样调情的故事，居心何在。你掩面，笑而不语。我又逗你，你忽然说，岁月庸常，我们要寻出生活的诗意。若不用心，用情，又岂能体会到生命里转瞬即逝的美好，并于细微中窥见人生的情意。你说话的声音不大，幽幽地，却让我感动。我动容这么多年来，你一直在我的身边，不离不弃的陪伴。亦感激你对生活的认真和诗意，让我们这么多的日月，都充满了诗情和画意。

我庆幸，人生最好的岁月，便是有你这样坏坏的公子，陪我一起走过。

街南绿树春饶絮，雪满游春路。树头花艳杂娇
云，树底人家朱户。北楼闲上，疏帘高卷，直见街
南树。

栏干倚尽犹慵去，几度黄昏雨。晚春盘马踏青
苔，曾傍绿阴深驻。落花犹在，香屏空掩，人面知
何处。

——宋·晏几道《御街行》

那天，一路逶迤而行，在西塘的制高点——卧龙桥，
我们倚着栏杆，尽享水乡的柔美与风情。粉墙黛瓦，亭台水

榭，连绵不断，河道宛如玉带将众多大大小小、形态不一的石桥连接起来。诗人说："你站在桥上看风景，看风景的人在楼上看你。明月装饰了你的窗子，你装饰了别人的梦。"我不知道，究竟是桥装饰了西塘，还是西塘装饰了石桥。我不知道，那天究竟是桥美，还是桥上的我们更美好。

有人说，艳遇只发生在独身的男女身上。其实，大错特错。在风景秀美的西塘，艳遇早已突破人数的限制，心怀浪漫的人，只要有机会，艳遇随时随地都会发生。那天，我们从卧龙桥上下来，迎面便遇到一个打着油纸伞，身材苗条，容貌娇美的姑娘。刚一照面，姑娘便羞涩地对我说，可否请我们帮忙拍一张照片。

她的眼神温柔，让人不忍拒绝。我回头看你，你颔首微笑。很爽快地，我们便答应了她。后来熟稔起来，也就无话不谈。原来姑娘来自姑苏，与女友同游西塘，不料女友中途有事离开，故只剩下她一人。

因都对传统文化，古典物什感兴趣，我们与姑娘聊得很开心。从卧龙桥下来，我们又相约一起去了醉经堂。"醉经堂"相传为清乾隆年间的著名书画家王志熙修建。王志熙为人多才，擅诗、擅画，楷、行、草皆精，为当地一杰。园内景色醉人，翰墨飘香。经得应许，在书案前，我们和那姑

我喜极这诗意横生的烟雨天气。临窗读书，或研磨挥毫，给远在天边的你，写一封古典的情书。蝇头小字，密密麻麻，深情眷眷。

娘一起临摹院中的佳句，"烟开兰叶香风暖，岸爱桃花锦浪生。"三人同书，别有一番情趣。临别，我们又互相留了联系方式，并约定明年今日，再相聚西塘。

初到江南的人，总以为西塘是安逸的，静谧的，却不知西塘除了小桥流水，烟雨楼台的诗意外，其实也有很潮的一面，比如临河的酒肆，和小巷深处霓虹闪烁的酒吧。近年来西塘的旅游业发展迅速，这里的夜生活，也颇为丰富。漫步在夜晚的街头，灯红酒绿的老街，酒吧前高高悬挂的大红灯笼，处处都洋溢着一种水乡的温馨和风情。

我个人比较钟情于一家名唤西风瘦马的酒吧。你说这样的名字，别有一番风情，想来老板一定很特别。我点头附和。因为单是酒吧的这个名字，便让人遐思不断了。元曲作家马致远云："古道西风瘦马，夕阳西下，断肠人在天涯。"能给酒吧起这样诗意名字的老板，定然与众不同。果不其然，后来果然证明。

西风瘦马的环境，相当的不错。古色古香的室内装修，与周遭的环境十分吻合，而驻唱的几个酒吧歌手，也颇有演技。而最令我称道的，则是这家酒吧的老板本人了。瘦瘦高高、戴着一副黑边树脂眼镜，颇有书卷气质的一个男人。我们坐在吧台前，跟他有一搭没一搭地闲聊。他的知识渊博，谈吐风趣幽默，在他的身上，几乎看不到一丁点世俗商人的影子。

在西塘的那些日子里，一有闲暇，我们就会携手去西风瘦马喝上几杯。酒吧老板甚为健谈，我们的聊天也极为欢畅。所涉及的话题很广，古往今来，诗词歌赋，西塘的地方人文艺术，我们几乎无所不谈。

正如之前我曾经说的那样，每个人来到这个世间，都不是无缘无故来的。冥冥之中，都带着各自的使命而来，所以才有了各自的坚持和付出。夕阳西下，长河屋檐下，我倚栏而立，看紫燕还巢，乌篷靠岸。我们挥手告别。我知道，在古镇的渡口，在雨巷的客栈，我们还将有邂逅。在古老的江南，在诗意氤氲的江南，我们还将风月不休，艳遇依旧。

鳞鳞别浦起微波，泛泛轻舟桃叶歌。

斜雪北风何处宿，江南一路酒旗多。

——唐·李群玉《江南》

如果说，江南是我今生沉醉不醒的梦乡，那江南古镇便是梦中打开的一扇窗，风情和温婉，美好和浪漫，都在这里悉数呈现。她的质朴，她的含蓄，她的风韵，她的优雅，她的一切，都是那样让我沉迷。

江南古镇的生活散漫，闲适。没有大都市的喧嚣和快节奏。有的只是夕阳薄暮时分，烟雨人家袅袅升起的炊烟；有的只是芭蕉打湿的流光，滴答在谁家女子的窗前。日子，如水一般平淡，却诗意蔓延。

也许，这样平淡的日子，并非人人喜爱。若是带着一颗浮华躁动的心来，江南小镇，定然是不适合的，她只适合那些怀古寻梦的人群。

我不知道，江南究竟是我梦中的记忆，还是一个我从来就不曾醒来的旧梦。独自游荡在青石向晚的老街，各色各样的小饰品，琳琅满目。那些风情迥异的手工小饰品，很有地方特色，让人爱不释手。

一个人随意地闲逛着。走着走着，就来到了一家老字号的梅干菜烧饼店铺前。

终于忍不住，掏钱买了一个喜爱的梅干菜烧饼，让店家一切四块。烧饼尚未入口，我早已五体酥透。往事如烟，忽然忆起很多年前，你也曾与我共吃一个同样的烧饼，就在同样的江南。眼泪禁不住地流下来。

"去年今日此门中，人面桃花相映红。人面不知何处去，桃花依旧笑春风。"时间带走了很多，也改变了很多，在经年之后，往往那些能让我们忆起的，偏偏却是我们不能留住的。"花开不同赏，花落不同悲。欲问相思处，花开花落时。"我不知道，这究竟是宿命，还是无奈。

记得那次你曾说过，活着，又岂止仅仅是活着。

是啊，此生你我带着各自的使命而来，你有你的方向，我有我的执着。未来的终极目标，也许大致是相同的，但你我终究是不能风雨同舟的。只因，你有你的航程，我有我的梦境。

忽然就忆起纳兰和表妹雪梅的故事，两人原本青梅竹马，两小无猜，可最终却依然是劳燕分飞。只剩得"残雪凝灰冷画屏，落梅横笛已三更，更无人处月胧明"。

走马兰台，分曹射覆，梅边吹箫，琴瑟相伴，多少往事成空。也罢，纵便不能长相依，那就这样遥遥相望也好。遥远了，亦会成为彼此眼中的风景，即使忧伤，也是美好。

一程有一程的风景。人生很多时候，只能是共走一段曾经的时光，我们终究是不能把属于另一个人的风景，完全纳入自己的版图。懂得远远地欣赏，与其说是一种不可得的无奈，倒不如说是一种放下的洒脱。

其实，这个世界上，本无痛苦。人大多时候的痛苦，是自己的心魔在作祟。贪婪，执着，不懂得舍弃与放下。若是懂得释然和放下，便不会再有痛苦。

每个人的心里，都有一个江南。朦胧，诗意，就如同古镇的烟雨，梦幻迷离，让人无限遐思。

雨轩亭台，转过弯弯的青石雨巷，在水墨氤氲中，

我不知道自己究竟要去向哪里，也许只是为了排遣，

也许，只是为了江南的这场烟雨。

佛卷里记载，一位黑指婆罗门拿了两个花瓶来献佛。佛陀对黑指婆罗门说："放下！"黑指婆罗门便把左手拿的花瓶放在地上。佛陀又说："放下！"黑指婆罗门再把右手拿的也放在地上。佛陀接着还说："放下！"黑指婆罗门不解地问道："我已经两手空空了，没有什么可以再放下了，您为什么还要我放下？"佛陀说："我并没有让你放下花瓶，我要你放下的是六根、六尘和六识。当你把这些都放下时，才能从生死轮回中解脱出来。"

爱一个人，其实也是一样。要懂得适当的放下和解脱。有时候，保持一定的距离，双方才能更好地相处。有时候，浓得化不开的情，在爱的另一方，会成为一种不堪重负的担子。担不起时，痛苦万分。那何不放下，保持适当的距离呢？

所以，感情是一门学问。相爱，更是一门课程。东坡居士说："清夜无尘，月色如银。酒斟时、须满十分。浮名浮利，虚苦劳神。叹隙中驹，石中火，梦中身。虽抱文章，开口谁亲。且陶陶、乐尽天真。几时归去，作个闲人。对一张琴，一壶酒，一溪云。"

何况，爱情并不是生活的全部。两个人纵然不能相爱，亦可以做最好的朋友。这个世界上，并不存在非此即彼的事情。爱与不爱，也并无对错之分。懂得取舍，懂得放下，才能做一个美丽自信的人。

其实，我们每个人都拥有一片自己的天空，我们每个人就是这片天空最美的风景。因为我们每个人都独一无二，每个人都是不一样的烟火。

有朋友说："做一个快乐的女子，一定要快乐，不快乐也要制造快乐，笑容不一定能使世界绽放，却可放松紧绷的胸膛，开心就笑，让大家都感染到，悲伤就哭，美容，倾诉，然后一切归零，爽朗，对内心卑微的自己笑笑，汲取安慰和力量，信赖，神清气爽，然后可以轻舞飞扬。生活，其实没什么大不了。"

从明天起，做个温暖明媚的女子。在干净的日子，在最美的江南，与你一起，种种花草，赏赏烟霞，不为美丽，只为心中的梦想。从明天起，抛却浮名虚利，只做真正的自己，开心着自己的开心，快乐着自己的快乐。

青梅往事

第三辑

扫一扫进入本章曲单

【念江南·青梅竹马若有时】 / 创建者：童以濡

记得绿罗裙
处处怜芳草

东风柳陌长，闭月花房小。应念画眉人，拂镜啼新晓。

伤心南浦波，回首青门道。记得绿罗裙，处处怜芳草。

——宋·贺铸《绿罗裙》

天刚蒙蒙亮，我便悄悄下床。

踱出客栈。空气中有薄薄的雾气，轻轻地笼罩着这座古老的山城。我裹紧流苏披肩，沿着小巷，从街的一头缓缓向前。古老的青石板，沾染了雾的印迹，变得湿漉漉的。街道两边，有清幽的苔藓从店家的墙角透出来，沿着青石板的边缘，弥散开来，一片绿意，惹人喜欢。

不忍践踏。却忍不住想要再亲近一点。我蹲下身，轻轻抚摸。滑滑的，凉凉的，痒痒的，而我竟不知该用什么词来形容这种感觉。心底却升起一股幸福的感觉。

记得那次我们去婺源，在幽深的原始森林，我们手挽着手，沿着古老的栈道缓缓前行。在瀑布下的一处溪流前，溪流聚水成潭，幽碧幽碧的，将天光浮云都收纳进去。你拉着我的手，在溪水边，为我濯足。溪水清洌，却并不寒冷。你的手指沿着我的脚腕，轻轻濯洗着。我的脚底痒痒的，心底却有一股热流涌起，那一刻，莫名地感动。

你说我是江南最美的女子，一直让你心心念念。你说我纯洁得恍如一个缥缈遥远的梦境，朦胧迷离，不可捉摸。却又真实得像画家林风眠笔下的仕女，抚琴吹箫，冰清玉洁。此刻蹁跹在幽潭边，青丝如瀑，细眉如柳，那朱唇一点，生动而安详，不染尘俗，让人仰望。

后来，你坏笑着，要我欣赏溪流上方的青苔。你说她们幽幽的，静静地匍匐在石罅隙上，仿佛古典的美人，幽居深宫，不见天日，是否也有心事，不曾为人所知。我为你的言语所吸引，抬头去看。不料，你竟坏坏地，捉住了我的下巴，你的吻，亦顺势而下。有火热的唇，瞬间就将我覆盖。

青苔幽幽。就在我回忆的瞬间，脸颊不觉间已飞起了云霞。

雾色渐渐散去，街上开始慢慢热闹起来。喜庆的大红灯笼下，一扇扇木板，被居家的主人移去，小店陆续打开门。一家接着一家，各色饰品，土特产，竹编艺术品，惹人眼花缭乱。空气中飘荡着一股幽幽的香气。刚刚还惺忪着的古城，此时已全然苏醒过来。

那些小而精致的饰品，载着厚厚的风情，让人爱不释手。我一家接一家地逛着。善解人意的店家，也只在一旁远远地站着。他们绝不会在你身边走来走去，对你絮絮叨叨。他们悠闲地站在那里，用平和而善良的目光注视着你，轻轻对你笑着。他们的笑容，干净而透明。

也有早起的女子在赶路或忙着什么。土生土长的湘西妹子，像《边城》里的翠翠，纯朴清秀，自然可爱。她们从我的身边幽幽走过，眉眼含笑，别有一番风情。"我侥幸又见到你一度微笑了，是在那晚风为散放的盆莲旁边。这笑里有清香，我一点都不奇怪，本来你笑时是有种比清香还能沁人心脾的东西！我见到你笑了，还找不出你的泪来。当我从一面篱笆前过身，见到那些嫩紫色牵牛花上负着的露珠，便想：倘若是她有什么不快事缠上了心，泪珠不是正同这露珠一样美丽，在凉月下会起虹彩吗？"

我驻足，回以嫣然一笑。她们的眼神清澈，仿佛沱江的一泓碧波，闪烁在凤凰边城。也许，只有凤凰这样的小城，才会孕育出这样娴静，淡雅的姑娘。

吊脚楼的炊烟袅袅升起，沈从文笔下的沱江就在我的身后，静静流淌。我脚下的青石板路还在一直延伸着，好像永远没有尽头。我没有继续往前走，而是转身拐入一个古旧的胡同。两边的石墙静静地耸立着，青石上苔藓遍布，仿佛历尽沧桑。偶尔还会在石壁的缝隙里，长出不知名的绿色植物，微风拂过，轻轻摇曳，让人顿生恍惚。

在晨色渐明中，我一个人慢慢地走着，身影纤细，脚步轻缓，亦如回忆慢慢。我不知道，这个小巷到底走过多少春秋；也不知道，这个古城到底有过多少岁月。我不知道，是因为古城满壁的青苔，还是凤凰淳朴的女子，毫无来由地，我却与她有着十分的熟稔。

陌上花开，
可缓缓归矣

楼阴缺，栏杆影卧东厢月。东厢月，一天风
露，杏花如雪。

隔烟催漏金虬咽，罗帏暗淡灯花结。灯花结，
片时春梦，江南天阔。

——宋·范成大《忆秦娥》

西塘历史悠久，人文资源丰富，自然风景优美，是古代
吴越文化的发祥地之一。素有"吴根越角"之称。有好事者
称，春秋的水，唐宋的镇，明清的建筑，现代的人。这样一
句话，确实是对西塘最恰如其分的诠释了。相信凡是去过西

塘的人，都会深有体会和感触。

史料记载，春秋时期，吴国的伍子胥为了兴修水利，开通盐运，于是便开凿了伍子塘，引胥山以北之水至西塘境内，故而西塘古时亦被称为胥塘。又因西塘的地势平坦，一马平川，于是又有了平川和斜塘的别称。

在唐朝的开元年间，西塘就已经有了大量的村落，这里的人们，世世代代都沿着西塘河，繁衍生息，倚水而居。到了南宋时，西塘的村落逐渐形成了自己的规模，商业和手工业开始日渐繁盛。而到了明清时期，西塘俨然已成为了江南商业和手工业的重镇了。

历史的浪潮滚滚，好多的往事已磨灭不可寻。公元二〇一五年三月阳春的某个午后，我伫立在西塘河畔的石拱桥上，凝神着眼前缓缓流淌的河水，心中有太多的念想，在纷至沓来。

在西塘，随时随地随处，你都能触摸得到华夏人文古迹脉搏的律动。

西塘的今天、昨天以及久远年代之前，即便是回溯到春秋时期，人文历史在西塘也是没有被断代开的，中华的文化血脉也一直连贯着延续到如今。

三千烟水之外，只是我一个人的浅吟低唱。

当曾经的歌赋诗词，都淡为了烟尘往事，

何处再觅你往日柔情？

身为江南人，同时又是一个热爱华夏古文化的自由写作者，对于江南的憧憬，我有着自己的理解和标准。而江南到底是什么样的，相信在每一个人的心中，各自都会有着不同的定位。

　　然而，在世俗的侵蚀下，那旧时的江南，在日渐式微。只有西塘，依然还葆有着江南水乡最初的美好。当我敲下这些文字时，窗外的暮色已经降临，沿河的灯盏陆续点亮，点点滴滴，朦胧而美好。

　　火红的灯笼，倒映在水面上，河水泛起了轻微的涟漪，仿佛往日胜景。晚风轻唱，暮影归舟，几千年的光阴似乎还未走远，那些久远的气息，正扑面而至。

　　当年，吴越王钱镠的原配夫人戴氏王妃，回到横溪老家看望双亲。而他则仍在杭州城里料理着政事。一日，钱镠走出宫门，却见凤凰山下，西湖堤岸，已是姹紫嫣红开遍。钱镠原本一性情中人，触景生情，对糟糠发妻的思念倍增。待其返回宫中，便命人铺纸磨砚，挥笔泼墨："陌上花开，可缓缓归矣。"九个字，直白温馨，深情满满，戴妃见到之后，当即泪湿青衫。此事传开，成为千古佳话。后来，有好事者，又将其编成山歌，名曰《陌上花》，千古传唱。

　　恍惚间，我的思绪竟然有了迷失的错觉。不知今夕何夕。仿佛一梦千年。不知是我穿越时空回到了那个朝代，还是那个久远的年代通过今天的西塘，让我终于回到了我梦寐以求的梦里江南。

越来越多的游人，举着手中的相机，抢拍着西塘的夜景。而我知道，无论从哪个角度拍摄，留下的都将是美轮美奂的画面，都是令人难以忘怀的绝妙景色。

也许是江南的某些记忆，深深地根植在我的脑海，抑或是我中了江南太多的毒，那些唐宋的画卷，那些旧时的记忆，在纷至沓来。那一刻，我两眼含泪，凝字为爱，在暮色苍茫中追寻往昔温暖，亦在陌上花开中，等你缓缓归来。

青梅不老，
竹马犹在

　　水是眼波横，山是眉峰聚。欲问行人去那边，
眉眼盈盈处。

　　才始送春归，又送君归去。若到江南赶上春，
千万和春住。

——宋·王观《卜算子》

　　夜晚的西塘，美得如诗似画，如梦如幻。

　　河的两岸，店家的灯笼一溜子排开过去，远远的，宛如
两条红色丝带，在夜风中轻轻荡漾着。檐下的灯与水中的影
交相辉映，梦幻得宛如写在水上的诗行。

西塘，是一座比较平民化的水乡古镇。它和其他的江南古镇最大的区别，便在于它的自然，它的原始，它的朴素。它既没有周庄的繁华，也没有南浔的富庶，更没有其他水乡小镇的商业气息。

　　它就犹如是一个待字闺中的小家碧玉，温婉、灵秀，有着动人的清纯和美丽。

　　这是一座生活着的千年古镇，行在其中，一切恍如梦境。时光仿佛回到了那遥远的唐宋朝年代，置身于其间，恍如走在古画丛里，又仿佛是走在桃源仙境之中，让人流连忘返，乐不思蜀。

　　不说风物的醇美，单是西塘独有的人文魅力，就能给每一位来到这里的游人，留下深刻的印象。

　　这里阡陌纵横的河道，这里青砖碧瓦的古民居，这里蜿蜒绵长的乌衣巷，这里青苔丛生的青石板路面，淳朴敦厚的民风，深厚古典的意蕴，还有那些各色美味小吃，无不在向世人昭示着它的独特，它的风情。

　　就连河道边特色各异的小客栈，一家接一家的，悬着火红的灯笼，在夜色中蜿蜒开来，让人有一种温馨如家的感觉。客栈的墙上、门扉上，大多还会点缀着一些小物什挂件，精致、玲珑、清雅、温馨，很有西塘的地方特色，浓郁的水乡风情，令人陶醉。

西塘的小吃，不得不提的就是各种口味的风味小吃了。凡是来过西塘的人，大多都知道芡实糕。芡实糕甜而不腻，口感极佳，也很有嚼劲。而我更喜欢的是，在街头那家百年老字号糕饼店里，坐上一个下午，一边品尝店家别具一格的桂花芡实糕，一边欣赏往来的游人，猜想他们的故事。红男绿女，络绎不绝，他们行色匆匆，表情不一。

在西塘，临水而建的茶楼、酒肆、小吃店一家接着一家。亭台楼阁，水榭花窗，凭栏而坐，西塘的景色便如一幅山水画卷，缓缓进入眼眸。此时，捧读一册古典的书卷，让墨香随着窗外的烟水氤氲；也或者在栀子花淡淡的清香里，品尝一种叫作白丝鱼的美味。

西塘的水产资源极为丰富，而白丝鱼则产于最负盛名的汾湖之中。白丝鱼的肉质鲜嫩，营养丰富。在西塘的美食谱上，白丝鱼，一直占据着很重要的地位。

其实，美食于我，真的没有太大的诱惑力。生活里的我，对于饮食，属于那种很随意将就的一类人，随随便便的家常饭菜，我也能甘之若饴。

此刻，坐在西塘老街的一家小餐馆里，随意点了两样素菜，静享西塘的幸福时光。张爱玲在《公寓生活记趣》中说："我喜欢听市声。"生活的诗意，总是无处不在。因不到饭点，餐馆内还不是太喧闹。邻座的几位，是看起来很斯文很有修养的男女，他们安静地坐在窗前，一边品尝美味，一边欣赏窗外的风景。这种静而优雅，也一直都是我喜欢的。

菜点还没有送上来。望着窗外，我的思绪一下子飞得很远很远。恍惚之间，我又想起了那次和你共进晚餐。也是这样的傍晚时分，也是这样一家安静的小菜馆，暮色苍茫中，你我相对而坐，距离是那样的近。

想起你说话的温柔，想起你说这样的糕饼是你的最爱，有一种家乡的味道。

我总是不由自主地想起你，想起你说话的样子，想起你温情的眼眸，想起你曾经对我的温柔。彼时，餐厅里幽幽的乐声响起，却是我喜爱的那首《枉凝眉》。"若说没奇缘，今生偏又遇着他；若说有奇缘，如何心事终虚化？"舒缓的乐章如流水一般流过我的心田，一种淡淡的感伤，瞬间便笼罩了我的心头。

红尘深深，红尘里的儿女，也无不在情感的边缘，喜乐着，忧伤着。

流光不负，软红万丈。此刻，我身在西塘，却遥想故里。

想我们的邂逅，我们的相知，我们的青梅，我们的竹马。也想你和我的缘分。

风烟流年，紫陌红尘。都说是美丽易碎，恩宠难回。红尘之中，爱是一场不知归路的宿醉，谁会是谁前世难舍的情缘，谁又是谁今生饮恨的劫难？我不知道，走过春夏秋冬，走过花开花落，我们的情感，到如今究竟是深了？还是浅了？若是深了，为何还不见你在我眼前出现？若是浅了，缘何你还在我的梦里，来来往往，反复出现？

鳞鳞别浦起微波，泛泛轻舟桃叶歌。

斜雪北风何处宿，江南一路酒旗多。

——唐·李群玉《江南》

　　每个人的心里，都有一个江南。朦胧，诗意，就如同古镇的烟雨，梦幻迷离，让人无限遐思。行走在古镇的曲街幽巷，看着水轩边的酒旗招展，更生出前世迷离之感。

　　当年，唐代诗人张志和曾用一首《渔歌子》："西塞山前白鹭飞，桃花流水鳜鱼肥。青箬笠，绿蓑衣，斜风细雨不须归。"将江南的春色和美景，刻画得似幻还真，彰显出一种极致的美好和神韵。行走在烟雨楼台的瞬间，霏霏的雨丝飘落，远街近巷，朦胧隐隐，宛如丹青高手挥洒的画卷，空蒙、灵秀，美不胜收。

顾城说："小巷，又弯又长，我拿着一把钥匙，敲着那堵厚厚的墙……"在古镇雨巷，我的脚步，走得缥缈，轻柔。有一阵子，我仿佛又重返回禅寺林立的江南，鸟语花香，僧侣和香客，游走在红尘和净土的两端。昔日的盛况历历，让人顿生隔世之感。

梦在江南，魂归故园，是这些日子里，我对江南的感触和体验。公子说，我的前世就是江南大户人家的女子，学得一手女红诗词，也曾独倚绣楼，日日用功，丹青笔墨，随心所欲。要不，怎么就偏偏对江南情有独钟，难分难舍？

河对岸的酒肆，人来人往。隔帘声远。我倚身姚氏茶楼的一隅，只听得窗外淅淅沥沥的雨声，轻弹在人家的屋顶，宛如一曲轻快的小令。我起身披衣，轻轻推开临河的窗子，只见河道上细雨蒙蒙，乌篷远去，石桥隐约，如诗如画，让人心生喜悦。

我栖身的这家客栈，两层阁楼，临河而起。下层茶馆，上层客舍。前门街市，后窗临河。可谓闹中取静，动静皆宜的一处好地段。院中的一树梨花，开得沸沸扬扬。我当日之所以选择这里，便是因了这一份临水的静谧和诗意。颇有一番家乡亲戚见面的感觉。

一本书卷，一张素琴，再加一壶清茶或一杯薄酒，临窗而坐，听风赏雨，梦游故国。彼时，弦底松风起，渔樵诉古今；樱花月下读，红袖添香时。这样的时节，这样的江南，最适宜心怀古意的才子佳人，吟风弄月，醉卧花下。

我喜极这诗意横生的烟雨天气。临窗读书，或研墨挥毫，给远在天边的你，写一封古典的情书。蝇头小字，密密麻麻，深情眷眷。也或许"近日得了个病恹恹，半晌无才思"，我搜肠刮肚，一个字也写不出，只给你寄出一封，只有你和我才懂得的信笺。

窗外的烟雨纷飞，那些古色古香的亭台楼阁，愈加迷离，愈加诗意。我踱出屋外，细雨如丝，但并不湿人衣服，反倒落入我的脖颈，痒痒的，别有一种风情。沿街的烟雨长廊，有三三两两的游人擦肩而过，他们的背影，隔着雨丝和花墙，宛如粉墙上正在游走的诗意。

河岸边的一家小吃店，食客寥寥。这样也好，倒更适合于我，一个人耳根清净地小坐半日。唤了小哥送上几碟本地的名吃，就着窗外的风雨诗词，慢品细嚼。阁楼下，壁橱的炉火烧得正旺，粉色的火焰吐着信子，滋滋地舔着炉底。

烟雨长廊，那斑驳陆离的老墙，写满了沧桑，不知醉过春风几度？青苔暗生的旧瓦檐，那是诗人唇齿间未完待续的一段水墨时光。

岁月庸常，我们要寻出生活的诗意。若不用心，用情，又岂能体会到生命里转瞬即逝的美好，并于细微中窥见人生的情意。

突然间又想起了你，眼泪忍不住落下。

想起了那次在锦里，你给我煨的乌鸡养元汤，刚刚下过雨，木柴有些潮湿，你笨拙地俯在炉子吹火，飞起的锅灰落得你满脸都是，仿佛一只憨态可掬的大花猫。想起了那次我们一起煮茶，在周庄的一户农家小院，夜幕升起，炉火照亮我的脸，你紧紧地抱着我，贴身想要吻我。我羞涩地躲闪，却惹得背后的花枝摇曳，梨花簌簌而落。你问我愿不愿意陪你看细水长流，把人间的风景都看透。我没有正面回答你，只是羞涩地低头，躲进了你的怀抱。

李银河说："再美好的花朵也会枯萎，再美好的爱情也会湮灭。"我不知道那日的梨花，是否是受了惊吓，满地飘零。我也不知道自己那日的矜持，到底是对是错。后来的后来，你去了大洋的彼岸，再后来，花开花落，此去经年，你我已音讯杳然。

其实，你不知道，当日的我，多想陪你一起走天涯。打马塞北大漠，漫漫黄沙；漫步江南人家，漠漠飞花；也许某一天，走累了，在江南的某个小镇，将脚步停下，与你织网打鱼，煮茶赏花，赋诗作词，共享俗世生活的清简和优雅。

江南的雨哩哩啦啦，下个无休无止。我倚身在阁楼，想一段往事，想一树花开。

江南的梨花，开了又落，落了又开。我不知道，你是否还在原地等我？

　　红尘深深，光阴未泯，未来长长。我知道，还有一段葱绿的时日，在盈盈浅浅的眸意中，等待着你我一场倾心的相遇。也许，就在江南下一场的雨季里，在年华的拐角处，会有一种缘分，叫别后重逢。

我愿用三生烟火，
换你一世迷离

宝钗分，桃叶渡，烟柳暗南浦。怕上层楼，十日九风雨。断肠片片飞红，都无人管，倩谁唤、流莺声住？

鬓边觑，试把花卜心期，才簪又重数。罗帐灯昏，呜咽梦中语：是他春带愁来，春归何处？却不解、将愁归去？

——宋·辛弃疾《祝英台近·晚春》

烟花时节，梦入江南烟水路。携一帘幽幽旧梦，轻掀起一页泛黄的诗笺，在南朝四百八十寺的悠远钟声中，去追觅唐风宋韵里，那些弥散在烟雨楼台中的江南往事。

轻挽一缕江南温柔的风，一任自己的思绪，迷醉在早春清脆的莺啼声中，不知归路。三月的江南，弥眼桃红柳绿、莺飞草长。杏花春雨里，漫步在柳色青青的堤岸边，恍若置身于记忆深处，那个桃叶的渡口，但只见烟波迷离，独不见伊人如花的笑靥，徒惹人柔肠千回百转，百转千回。

九曲回廊，那是谁的莲步缓缓，踏光时光留白的过往，仿佛易安的诗句回环，那雨中的海棠，正是绿肥红瘦，在颦眉颔首，娇羞躲藏。我回眸，绮窗外，流水飞烟，烟锁重楼，如诗如梦。八角屋檐下，有芭蕉在风中细语呢喃，仿佛谁家女子，在低吟着伤春的诗篇。穿梭在狭长幽深的乌衣巷陌，那些且远且近的记忆，仿佛空中疏落的雨丝，轻易地就打湿了我寻梦的眼眸。

唐代的风流才子杜牧赋诗云："千里莺啼绿映红，水村山郭酒旗风。南朝四百八十寺，多少楼台烟雨中。"迷离，香软。杜子的《江南春》，宛如一幅写意的山水画卷，只那么轻轻几笔，便将江南的缤纷春色，留在了历史的书笺之上，也给后来人留下了无限的憧憬和遐思。

而此刻，我就在江南的春色中沉迷。粉墙，黛瓦，水榭，亭台，那些关于南朝，关于烟雨楼台的记忆，那些梦中的风情旖旎，恍若水中的涟漪，随着摇过的乌篷，激滟成我心底最深的痛。

在枕水人家的江南，在古镇的西塘，我仿佛是过客，又仿佛是归人，总有一种说不出的感觉，萦在我的心头。恍若杨柳写在春水上的诗行，又仿佛春风留在故里的吟唱。

周末和节假日的西塘，游客如潮。那个时候，无论走在西塘的哪一条老街小巷，总能和形形色色，络绎不绝的游人邂逅，摩肩。一派繁华喧闹的景象。那些来自天南地北的游人，操着各自的方言和口音，走过水色的时光，走过三月的西塘。那些远去的背影，仿佛一只只飞舞于花丛中的蜂蝶，匆匆而来，只为赴这一场春天繁盛的花事。

一个人漫无目的地走着，随意且自在。我不知道，那些匆忙的脚步，是否也能感受到西塘古朴的诗意和悠远的古韵。

回想起以前的自己，也曾走过很多的地方。很多时候，我的脚步亦如眼前的游客，匆忙而又急促。很少能像现在这样，静下心来，什么也不去想，什么也不去赶，只是随心所欲地走过这里的一桥一巷，一砖一瓦，和这里的水色，和这里的时光，融为一体。在西塘，我不是过客，我是倦归的游子。要不，那种诗意，那份古韵，怎么就这样与我熟稔？

清风拂面，落花入颈，这样的感觉真好。它仿佛又让我

那些关于江南，关于蓝布染的旧梦，
总是做得连绵起伏，花事玲珑。
在如梦如幻里，生生让人多了一份倚盼，
意韵绵绵，回味悠长。

回到了故乡，回到我儿时生活过的小镇，另一个江南水乡。

很庆幸，在江南，还有这样一处风土人情保护得如此完好的古镇。更庆幸的是，自己又无端地来到了这里。在西塘那些随处可见的古朴的石拱桥上，在沿河枕水人家点燃着的火红的灯盏里，我心底深处的江南梦，不再流离失所，终于有了可以安置的地方。

清晨的西塘，游人们大多还在昨夜的梦境里未醒。街上更多的是本地的小商小贩们，他们开始了一天的营生。一大早的我，也已步出了栖身的那家烟雨楼客栈。迎着晨曦的阳光，不禁深呼吸了两口晨起清新的空气。空气里弥散着的，是春天花草的香气，有着让人沉迷的气息。

这是西塘，最美的古镇。也是最江南的水乡。

阳春三月，到处都是柔美的春光。尽管晨起的春风里，尚留存有一丝轻微的寒意，但这清凉的气息里，却别有一番江南的韵味，也让人的思绪变得异常地清醒。

柔水凝曦，薄雾拂晓。走过青石板路的小巷，与熹微的晨光擦肩，与石阶上的宿露邂逅。

穿过一条蜿蜒狭长的小巷，我已经来到了美丽的西塘河边。沿着石阶，一级一级缓步走上古朴的石拱桥。美丽的西塘河便在眼底了。弱柳扶风，春光潋滟，仿佛诗写的画卷。西塘河是西塘的母亲河，千百年来，一直流淌到今天。水乡人家，祖祖辈辈，就在这水一方，繁衍生息，绵绵不绝。

清晨的河道，宁静得出奇。仿佛刚刚出浴的处子，妩媚动人，有着沁人的体香。

水面上，纹风不起，清澈的河水，宛如一面天青色的大镜子，把河岸边婷婷袅袅的柳枝和湛蓝的天空，都揽入了自己的怀中。

而依水而筑的古民居，错落有致地分布在河的两岸。似乎它们仍在这一场千年梦境中宿醉未醒。它们幽幽地沉睡在杨柳岸边，沉睡在那些薄如蝉翼的缠绵往事里。这个时候，河的两岸静悄悄的，可我分明还是听到了一曲琵琶的弦音，纤柔，清越，在我的心底，反复地激荡着，缠绵不息。

西塘最美的长廊是烟雨长廊，水榭轩窗，酒肆人家，沿河是一溜烟儿的美人靠。

美人靠，光听这个名字，便会让人心底生起无尽的欢喜。

恍惚间，我的思绪便开始了游离，仿佛梦回到了千年之前。在古镇的江南，依稀可见，一位美丽年轻的女子，正斜倚在美人靠上。正是冰雪聪明、天真烂漫的年纪。她的眉黛清浅，青丝一缕缕披散，宛如天外的仙子。也许她是沿河某一大户人家的千金小姐，也许仅只是水乡人家的小家碧玉。她就那样斜倚在美人靠，漫想心事。在春天的水色时光里，河水倒映着她俏丽如花的容颜，那清纯，那妩媚，动人心弦。檐外的桃花，刹那间黯然。

我忽然就想，前世的我若是江南人家英俊的书生，定要在隔巷的卖花声里，买得一支春欲放，然后沿着蜿蜒的河道，向她觐献最美的深情。在这样的江南水乡，在这样的枕水人家，有她，已是足够好。什么样的功名利禄都可以抛却。我愿用三世烟火，换她一世迷离。我要轻携她的手，在俗世的烟火里，过平淡的日子。与世无争，共时光慢慢变老。

突然间，我又想起了你。记得你曾对我说，这辈子的你，总是在匆忙中奔波，很少有停下脚步的时刻。你说我们都是深情、多情之人。如果可以，你愿共我在山明水秀的江南，起一椽竹篱茅舍，与栏前的清风明月，一起慢慢老去。

想到此处，我的唇角不禁微微扬起，悄然莞尔。那些与你有染的记忆再次被唤起，无边无际，亦无限甜蜜。有人说我是江南的女子，似水如烟，纤尘不染；却有着梅兰的质地，一身清绝，不与世同。我一直不以为意。可是这次江南之行，却给我留下了太多的感慨，也让我对自己有了全新的认识。也许远方的你，未必能感知我此刻的心境，可你却那么真实地存在于我的记忆之中。

　　原来，一直以来，你都未曾离开，记忆里，那些跳跃的温暖，依旧鲜活。原来，你一直幽居在我的心房深处。走过青葱岁月，走过多情年华，走过小桥流水，走过红尘烟火，你和我，时时刻刻，分分秒秒，从不曾分离。

良辰美景

第四辑

扫一扫进入本章曲单

【念江南·青梅竹马若有时】 / 创建者：童以濡

　　红藕香残玉簟秋，轻解罗裳，独上兰舟。云中
谁寄锦书来？雁字回时，月满西楼。

　　花自飘零水自流，一种相思，两处闲愁。此情
无计可消除，才下眉头，却上心头。

　　　　　　　　　　　　　　——宋·李清照《一剪梅》

　　夜宿江南小镇。烛影摇红，捧读易安居士的《漱玉
词》。不觉已至深夜。推窗远望，有银白的月色，从树梢
间流泻下来，在庭中写下长短不一的诗行。阁楼外，静悄
悄的，阒无人声。只有我的一灯昏黄，还在呼应着窗外的

月光。

起身下楼，木梯发出吱吱的声响。我提裙缓步，生怕惊动江南人家的一帘幽梦。

抬头仰望，千古明月，芳华如旧。树影婆娑，偶有花落，簌簌有声。

古人云，清风明月会相见。在淡淡的月光下，我忽然就想起了你，想起了千百年前，你写给我的诗笺。蝇头小字，情深满满。还有我们的诗词唱和，其乐融融……

记得那年重阳，你出仕未还，我便作了一首《醉花阴》，遥寄于你。"薄雾浓云愁永昼，瑞脑销金兽。佳节又重阳，玉枕纱橱，半夜凉初透。东篱把酒黄昏后，有暗香盈袖。莫道不销魂，帘卷西风，人比黄花瘦。"

《嫏嬛记》里说，你接到我的诗笺，叹赏不已，可堂堂男儿，怎肯甘为下风。你不甘，你闭门谢客，废寝忘食，三日三夜，作词五十余阕。你把我的这首词也杂入其间，请陆德夫来品评。陆德夫把玩再三，说："只三句绝佳。"你急问是哪三句。陆答："莫道不销魂，帘卷西风，人比黄花瘦。"

后来，你又与我赌书泼茶，同考金石。我们月下填词，

你踏着花香而来，白衣翩跹。我在河畔等你，细数流年。

也许，前世，你就是我怀中的青莲；

今生，我化作木槿一棵，就生长在你的池塘边缘。

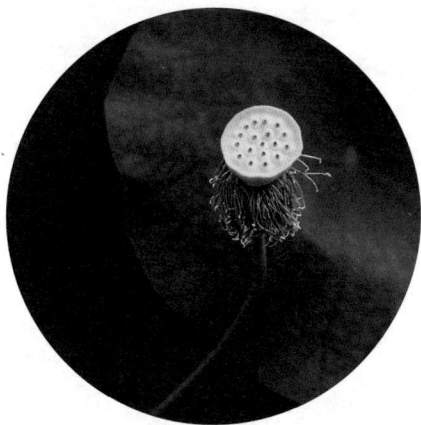

悠悠绵绵的思念，如曼珠沙华般妩媚妖艳，
在彼岸花影里，静静地微绽着，
于今夜，浅醉了一池清冷的清风荷露。

花间嬉戏。那一幕幕美好过往，如花朵一样缀满春天的枝头。后来的后来，即便我为你青丝熬成白发，青春耗成花落成殇，心底，依然为你珍藏最初的美好和想象。我知道，和你的相遇，相知，相守，相惜，是三生石上刻下的印记。是生生世世，不变的誓言。

天若有情天亦老。我深信，一样地，在你的心海深处，永远也会有一个我。这是维系着你和我，微妙的心灵感应。即便过了千万年，就算你不找寻，我也不联络，可我们彼此，都仍还在深深地牵挂着对方。

那年，在青州的仕上，你曾经对我说，我是你今生最深的眷念。你言之切切，情深至极。我的眼眸，一瞬间湿润。原来，最美的情话，总是噬人心魂。

该如何写下我对你的一片深情似海？千百年后，我在《金石录》里，追寻你的过往，你的风流，你的深情。可是，纵我有七彩神笔，亦无法书尽我的期盼，还有我夜夜辗转的思念。

"曾经沧海难为水，除却巫山不是云。"今夜，隔着江南的明月，隔着千年的光阴，我又想起了你。明诚，明诚，你可曾感受到我的思念？我的泪水，明诚，你看到了吗？我的心伤，明诚，你感知到了吗？明诚，难道这辈子的你，终是我无法抵达的江南？

式微，式微，明诚呀明诚，胡不归？

薄暮愁云，瑞脑绮香，依然宛如旧时风情。我倚门而盼，不见你踏月色而归的身影，唯见一地斑驳寒凉的月光，苍白了我风中等待的容颜。

我走过你仕过的青州，也走过你走过的江南，那些浓情的往事，繁华点点。弥漫了我的眼。可是，明诚，今夜，为何我撑一篙宋时的苇舟，还依然看不到你俊美的面容？"月有阴晴圆缺，人有悲欢离合，此事古难全。"也许，一切都如东坡先生所言，人生充满了无奈，有些事情，我们终是无法去更改。

但愿人长久，千里共婵娟。今夜，我在江南的一隅，追寻与你有染的过往。千年如昨，斯时明月，一番萧索，一弯寂寞，一种相思，一种不舍。仿佛当年的月光，还不曾走远；仿佛你还在我的面前，与我言笑晏晏。我读你的金石图典，我读你的风流温婉。悸动的往事，风景曾谙。原来，在风月的江南，你从不曾走远，你一直都是我心底最深的眷念……

　　杨柳丝丝弄轻柔，烟缕织成愁。海棠未雨，梨
花先雪，一半春休。

　　而今往事难重省，归梦绕秦楼。相思只在，丁
香枝上，豆蔻梢头。

　　　　　　　　　　　　——宋·王雱《眼儿媚》

　　最美的记忆总是让人沉迷。花阴重重，像是往事的片段
依稀，无知觉地教人重返回从前。微风水澜，花落江畔，这
江南的烟雨，让尘封在书卷里的故事和记忆，都多了几分潮
湿和幽婉的气息。

拈花微笑，赌书泼茶。庭前的双燕翩飞，只想借问一句：山间的木槿开了没有？庭前的杨柳绿了没有？是平沙落雁，还是十面埋伏，那一声箫，带走了多少寄托，多少相思？那一身白衣的侠衫，写下怎样的绝代风华，又惹了我多少个夜半的辗转不眠？

仿佛一场千年的约定。那天，在婺源，在江南的古村老宅，青墙黛瓦，木槿花开，你打着折扇，从我的身边经过。那一个短暂的邂逅，那一段携手共行的过往，至今仍让我有触手可及的错觉。

那一年，那一月，那一日，那一刻。风吹发乱如芳草，你缓缓的脚步，你多情的顾盼，你眉眼盈盈的笑意，一下子就击中了我。让我魂不守舍。今夜，我用多情的诗行，再次句读着我们曾经的故事，那些浪漫的花絮，依然还在滚烫着我的心扉。

我记得清楚，那夜星光灿烂，那夜风轻花香，如同谁的纤指，写尽温柔。

你倚身在桥面。风从山中来，带着清淡的花香。你的白衣飞扬，美好得让人无法想象。那个时候，脚下的流水潺潺，远处的灯火点点。你轻轻地抱着我，眼神迷离。你说话的声音温柔，像魔咒，让我酥软成春水一滩。

那个画面，一直在我的脑海里纠缠。每一回眸，总能看到村口那座古旧的石桥，还有那桥上那个温柔如玉的你。那一刻，我终于明白，原来你就是我苦苦追寻的萧郎。可以风花雪月，鲜衣怒马；也可以静赏落花，闲看白云。

　　你赠我玉倾城的玉佩。你带我去山中，采一束木槿。你吟《诗经》的情话，"有女同车，颜如舜华。将翱将翔，佩玉琼琚。彼美孟姜，洵美且都。"我羞红了脸颊。花枝在手，花香袭人。朝开夕落，那些短暂的美好，那些幽香的记忆，早已契入我的灵魂。让我爱到断肠，朝夕难忘。

　　今夜，隔着江岸的七彩霓虹，我停靠在往事的渡口，却依然见你君子如玉，温文尔雅。木槿树下，浅笑如花。对岸的灯火明明灭灭，断断续续的记忆，纷沓叠来，让我魂不守舍。

　　今夜，我想写一封古典的信笺，托窗外的青鸟，再寄回到从前。花落簌簌，烟雨江南，我仿佛已迷失在唐宋的画卷。彼时，你踏着花香而来，白衣蹁跹。我在河畔等你，细数流年。也许，前世，你就是我怀中的青莲；今生，我化作木槿一棵，就生长在你的池塘边缘，花开烂漫。

　　此刻，我仿佛听见，你细微的喟叹，不知是怎样的机缘，才有了前世今生，我们的相见。那声音细微，如飘零的花瓣，跌落在水面。让我真假难辨。

　　一次烟雨一场梦。一阕相思一人听。你说，树下的花瓣一朵一朵，带着露珠。晶莹，仿佛谁的眼泪。我知道，不管时光如何变迁，都还有人仍在守着那个不变的容颜。一守就是一千年。

游人只合江南老

庭院深深深几许？杨柳堆烟，帘幕无重数。玉
勒雕鞍游冶处，楼高不见章台路。

雨横风狂三月暮，门掩黄昏，无计留春住。泪
眼问花花不语，乱红飞过秋千去。

——宋·欧阳修《蝶恋花》

提起江南，人们首先联想到的便是：小桥流水人家。

烟花三月，沿着曲廊小河，漫步在江南明媚的春光里，
两岸那些古朴雅致的民居，青瓦粉墙，逶迤而去。那些古旧
的民居，大多为明清时期的建筑，古色古香，别有一番韵

味。而我眼前一座座依水而筑的古桥，更是洋溢着浓郁的江南地方色彩，令人目不暇接，忘返流连。

江南水乡，水，是江南古镇，如周庄、乌镇、西塘、南浔等最大的共性和亮点之一，也是这些水乡的重要组成标志。

如果把古镇的组合，简单到用人的身体来打比喻的话，那些古建筑就如是一个人的身体发肤，古镇的水，则如血管里汩汩流淌的血液，而江南古镇的人文底蕴，则是整个地域的灵魂所在。

我所探访的西塘，是一座有着两千五百多年历史文化的古镇。

它也是古代吴越文化的发祥地之一，有着极为深厚的历史文化底蕴。早在春秋战国时期，西塘就是吴越两国的相交之地，因而还有着"越角人家"和"吴根越角"的美称。

西塘的朴素和端庄，给人留下了很深的印象，而它的平民化，以及淳朴民风，更是让每一位亲近它的人，都不由自主地沉溺，仿佛梦归故里。

那青碧的春水，精美的画船，还有垆边那皓腕胜雪的女子，惹了我多少次的辗转不眠。有时候我就想，此生自己就

谁家的女子咿呀咿呀地清唱，
如花瓣，从雕窗花树间飘落而下，
在清碧的水面，化作涟漪，
一圈一圈地荡向远方，让人绮思不断。

留在江南，留在西塘，日日与春风杨柳相伴，与粉墙古宅相伴，画船听雨不知年。

西塘是温婉的，古旧的，也是淳朴、好客的。长期以来，国内旅游业一直存在的乱象，欺客宰客的现象，在西塘几乎不曾存在。因为西塘的民众，深受华夏文化的熏陶，淳朴和善良的传统，早已深入他们的骨髓和血脉之中。

没有太多的急功近利，一切都只是按着自然的发展规律缓缓进行着。这里的生活，也许要比那些经济发达的地方慢了一拍，可也恰正是这种慢节奏，让人的身心，倍感舒适和惬意。

何时起，我们生活的脚步，匆匆又匆匆，完全是为了生活而奔波着。忙碌得连亲近大自然的机会都没有，更别说去寻花问柳了。而人的身体，也仿佛进入了这样一种惯性之中，像个陀螺，不停地旋转着，不停地消耗着生命自身的能量，直至失去最后的力量。实在无趣。

白天的西塘，青砖黛瓦，水轩回廊，两岸的绿柳倒影在水里，有画舫在水面缓缓而过，如诗如画。夜晚的西塘，沿河大红的灯盏次第绽放，河面上投下星星点点的波光，水光潋滟，如梦如幻。

而最让人心醉的是，两岸的酒肆飘香，旗幡随风招展，时不时传来的越调，余韵悠扬，让人在一瞬间，恍若入了桃源深处，沉醉不醒。

有人说，一个人的旅行，难免会孤单。但在西塘，这样的感觉似乎从不存在。这里林林总总的特色商铺，形形色色的美味佳肴，摩肩接踵的游人，温馨如家的大小客栈，无不让人忘却寂寥和孤单。

还有那些地方特色小吃，如豆腐花、熏青豆、荷叶粉蒸肉、六月红河蟹、油炸臭豆腐、芡实糕、龙须糖、馄饨老鸭煲、麦芽塌饼、一口粽，更是让人馋涎欲滴。

对于爱猎奇的人们而言，那些各色各样的酒吧，则是最佳的流连之所了。一杯薄酒，一次搭讪，往往就能成就一场别样的浪漫。

在西塘的那些日子，我感受最深的便是文化和历史的沉淀，并为之深深痴迷。那些历史久远的跫音，仿佛就在那些狭窄幽深的弄堂里，还未曾远去。杜拉斯说："爱之于我，不是肌肤之亲，不是一蔬一饭，它是一种不死的欲望，是疲惫生活中的英雄梦想。"唯有西塘，会让你相信爱能细水流长。

也许是当今的都市生活，太过于喧嚣了，所以，那天当我邂逅了西塘，便由衷地欣喜，惊喜和讶异于那一份远古的恬静和安逸，迷恋和沉浸于那一种传统的古朴和优雅。不自觉地想要与它亲近，再亲近一些。

老子曰："上善若水，水善利万物而不争；处众人之所恶，此乃谦下之德也；江海所以能为百谷王者，以其善下之，故能为百谷王。天下莫柔弱于水，而攻坚强者莫之能胜，此乃柔之德也。"

西塘，似乎早已熟谙其道，也已尽得水性之柔韧。在江南的一隅，也许，恰正是西塘身上这些朴素如水的元素，才引得一批又一批寻梦的人，为之痴迷而来，忘却归路。

情系江南，
恋在西塘

　　城上风光莺语乱，城下烟波春拍岸。绿杨芳草
几时休？泪眼愁肠先已断。

　　情怀渐变成衰晚，鸾鉴朱颜惊暗换。昔年多病
厌芳尊，今日芳尊惟恐浅。

——宋·钱惟演《木兰花》

　　记得来西塘之前，在网上曾搜索到一部关于西塘的旅游
宣传片，一个韩国女艺人代言的。不得不说，西塘的这个旅
游宣传片，实在是一大败笔，它远远不能和刘若英代言的乌
镇宣传片相媲美。更没有顾长卫拍摄的《情归同里》，那样

的温馨浪漫和诗意。

其实，败笔的直接原因，并不是因为景点，因为西塘的美景，丝毫不逊色于任何其他的水乡古镇。而是因为代言人选用的是韩国艺人，以及片中时不时蹦出来的几句韩语，有网友戏称，为何尽是听不懂的鸟语？实话说这给人很不舒服的感觉，也破坏了西塘在我们心目中原有的美感。西塘的诗情和浪漫，是需要静下心来，去慢慢品味和感知的。

西塘的文化，是华夏文化浸润而成的，是历经了几千年的时光沉淀下来的，那种内涵，才是西塘人文血脉的精髓所在。而反观那部旅游宣传片，很有点不中不西，不伦不类的感觉。西塘的原始风貌很美，而如若想要展示给人们的旅游文化是这样子的定位，相信会因此倒了很多人的胃口和兴趣。

好在，我自小耳濡目染的，便是江南古文化的诗情画意，心境也早已被这一方的山水陶冶。而西塘呢，恰恰在古建筑保护方面做得极好的。这一点，才是深深吸引着我来到西塘的最大因素。

只因真心喜爱西塘的诗情画意，所以，西塘的美，在我心底的感触依旧如初，并无受到这部宣传片的丝毫影响。也好在西塘的美，依然还在江南的水色潋滟里，分毫不减。

有人说，传统文化，如果离开了本土和民族的一些元素，就会黯然失色，就会无立足之地。其实，文化的传承，和我们生活里每一个人都息息相关，只是，大多数人感觉不到而已。而这也是个很艰巨的任务，身为文化人，即便人微言轻，也应该承担起这样的历史使命。

每个人来到这个世间，我相信，绝对不是无缘无故来的，冥冥之中，各自的身上一定都是带着某种使命。这种与生俱来的使命，可大可小，但于每个个体而言，都是独一无二的。也许，我的使命，便是如何尽自己的一份绵薄之力，将江南的古文化，展示在更多人的眼前。

江南是诗，江南是梦。江南的西塘，深深地带着唐宋文化的印记。那些青砖碧瓦的古朴民房，那些阡陌纵横的水路河道，那些蜿蜒曲折的深宅庭院，那些青苔滋生的乌衣巷，无不带着旧时的记忆。那种历史纵深的古典元素，予以人视觉和心灵的震撼。

与有情人做快乐事，
不要问是劫还是缘

去年今日此门中，人面桃花相映红。

人面不知何处去，桃花依旧笑春风。

——唐·崔护《题都城南庄》

春到江南，桃红李白。当我行过逢源双桥的时候，有
流水人家的窗台，羞涩地探出几枝春色，粉艳的桃花翘在枝
头，煞是可爱。脑海里忽然就有了崔护和绛娘的故事。

那年，落榜的才子崔护去城外踏青，与桃花树下的村姑
邂逅，他们一见倾心，但碍于礼教，他们终是没能够当面表
白。直到第二年，崔护故地重游，桃花依旧，人面早已不知

何处去了。无限感伤的诗人，在墙壁上题下了这首《题都城南庄》。

唐代的笔记体小说《本事诗》记载：

"崔因题诗于左扉曰：'去年今日此门中，人面桃花相映红。人面不知何处去，桃花依旧笑春风。'后数日，偶至都城南，复往寻之。闻其中有哭声，扣门问之。有老父出曰：'君非崔护耶？'曰：'是也。'又哭曰：'君杀吾女！'崔惊怛，莫知所答。父曰：'吾女笄年知书，未适人。自去年以来，常恍惚若有所失。比日与之出，及归，见在左扉有字。读之，入门而病，遂绝食数日而死。吾老矣，唯此一女，所以不嫁者，将求君子，以托吾身。今不幸而殒，得非君杀之耶？'又持崔大哭。崔亦感恸，请入哭之，尚俨然在床。崔举其首枕其股，哭而祝曰：'某在斯！'须臾开目。半日复活，老父大喜，遂以女归之。"

《本事诗》主要以记载唐朝诗人的风流逸事为主，崔护的"人面桃花"便是其中的一篇。唯美的故事，忧伤的调

114

岁月辗转，流年暗换，有多少芬芳，淡化成昨日泛黄的记忆。

只有那些关于江南的旧梦，且远，且近，且清晰。

子，这些年来，一直在我的脑海，盘桓不去。

唐宋两朝，在华夏上下五千年浩瀚的岁月长河里，犹如沧海一粟，不过弹指一瞬。可它们却给人类留下了无尽的瑰宝。那一首首感伤的诗词，一幕幕动人的爱情，宛如历史长河中美丽的花朵，一直常开不败，经久不衰。词的曼妙，诗的雄浑，一直让人口齿生香，回味无穷。

在遇到你之前，我常常斜倚在桃花树下，吟哦前人的诗句。一阕阕脍炙人口的诗词，仿佛还带着那些旧时的气息，有时候，在我恍惚的刹那，甚至还能看到那些风雅的古人，他们在桃花树下，追逐欢笑，吟诗填词，别有一番韵致。每当这个时候，我也会掺和其中，与他们一起寻欢作乐，或感怀惆怅。

"梦入江南烟水路，行尽江南，不与离人遇。睡里消魂无说处，觉来惆怅消魂误。"那些活色生香的记忆，曾折磨了我夜夜的不眠。特别是你走后，我又重读崔护的这首《题都城南庄》时，心底便会无端升起一种薄薄的凉。

有时候我甚至还会傻傻地想，想我们的前世，想我们的今生，想我们的邂逅，想我们的相知。世事无常，今日相聚的欢畅，是否就意味着他日离别的陌路？

佛卷里说，与有情人做快乐事，不要问是劫还是缘。我也希望自己洒脱，希望自己是个内心坚强的女子，可以承担人世所有的悲凉。

可是，可是，我还是会情不自禁地想起我们的一切。

想起你对我的温柔和依恋，想起我们的爱的浪漫和香软。愈是这样想，愈让我感伤。

流年总会在不经意间，把往事带走。遥想当日的桃花树下，那崔护和绛娘的邂逅和离别，爱的美好和残酷，更觉世事无常，造化弄人。那些我们信誓旦旦，永不分离的誓言，他年以后，是否会散落在天涯；那些风花雪月的记忆，是否也会斑驳成墙头的青苔？

谁的容颜，点亮了春天？谁的誓言，写满了江南？

"欲尽此情书尺素，浮雁沉鱼，终了无凭据。"此刻，在烟花三月的季节，在小桥流水人家的江南，一抹淡淡的感伤，在我的身体里蔓延，有着无边无际的寒。我不知道，是花香醉人，还是你给我的温柔，太让人沉迷？

扫一扫进入本章曲单

【烟雨江南·一笺相思一阑痴】 / 创建者. 深蓝的˘喵

歌楼听雨

第五辑

有情不必终老，
为你守一份清绝可好

众芳摇落独暄妍，占尽风情向小园。

疏影横斜水清浅，暗香浮动月黄昏。

霜禽欲下先偷眼，粉蝶如知合断魂。

幸有微吟可相狎，不须檀板共金尊。

————宋·林逋《山园小梅》

　　烟雨江南，西子湖畔。每每寻访孤山，我都会情不自禁地想起你。梅花林中，那个清绝孤傲的身影。漫天飞花映射在我温润碧透的眼眸，悠悠荡开的总是那个年代的传奇和故事。

有人说，你一生爱梅，结庐孤山，绕屋种梅三百余株。你日日与梅相伴共读，二十年来不曾踏入红尘半步，西湖写下了你清逸隽秀的身影。也有人说，你多情好客，养有仙鹤，每逢客人来访，书童便开笼放鹤，你闻信而返，然后梅花树下，赋诗弹琴。

"绿竹入幽径，青萝拂行衣。"我知道，你淡泊名利，孤高洒脱，深隐不出，可名声早已传遍四海。名士高僧，诗侣词友，就连大宋皇帝真宗赵恒也仰慕不已，"闻其名，赐粟帛，诏长吏岁时劳问"。即便如此，你依然以梅为妻，以鹤为子，悠然天地之中，不与世同。

吴山青，越山青。两岸青山相送迎，谁知离别情？

君泪盈，妾泪盈。罗带同心结未成，江头潮已平。

——宋·林逋《长相思》

即便如此，我依然深知，你心底掩藏的深婉和多情。在落花风里，在诗词断章里，我总能看到你掩饰不住的柔情和蜜意。我反复地读，反复地吟诵，读到心醉，读到心疼。"姑射仙人冰雪肤，昔年伴我向西湖。别来几度春风换，标格而今似旧无。"我读你的梅花，读你的风骨，读你的清绝，也读你的美人仙子。

后来，在张岱的《西湖梦寻》里，我又得到了印证。张公子说，南宋灭亡后，有贼人以为你是连皇帝都敬重的大名士，墓穴之中必有许多陪葬宝物，于是便趁着月黑风高挖开了你的坟墓。可是，让盗贼失望的是，其中只有一个端砚和一支玉簪。而这一支玉簪，是你的心思深婉，也是你的情意难掩，却分明向我透露了你那段不为人知的少年情事。

那年，烟花三月，正是英俊少年的你，去江淮游玩，在古镇的渡口，与梅花树下浅笑晏晏的女子邂逅。我不记得她的名字，可我知道你们一见钟情，心意暗通。你唤她梅花仙子。

你折一支江南的梅花，举之相送。你的眼神清澈，笑意隐约。在双眸相视间，仿佛早已将彼此熟稔于胸。那个时候，满树的梅花摇曳，姑娘翩然起舞，若蝶舞花间，裙裾生香。她回眸一笑，自是倾国倾城。

那一天的邂逅，美得无与伦比。天地之间，只剩下满树的梅花，幽香绵延。无穷无尽的美好，让时光定格在吴越的山水之间。可是，可是，你们还是要分手，商贾富户的女儿，怎么可以嫁于寒酸的书生。你们遭到了姑娘家人的强烈

风烟流年，紫陌红尘。都说是美丽易碎，恩宠难回。

红尘之中，爱是一场不知归路的宿醉，谁会是谁前世

难舍的情缘，谁又是谁今生饮恨的劫难？

反对，不得不忍痛分离。临别之际，姑娘含泪将自己发髻上的玉簪拔下，羞涩地说："见簪如面，公子请收下。"

你含泪收下，心却疼得无法呼吸。你回到孤山，整日整夜，脑海里浮现出的，依然是那日梅花树下，那言笑晏晏的人间仙子。吴山青，越山青。你们的这份情意，被雪藏进记忆的深处，从此不再提起。后来，你种梅养鹤，每当风来，满树的梅花盛开，仿佛谁的舞姿蹁跹。

"慧极必伤，情深不寿，谦谦君子，温润如玉。"再后来，你终身不娶，少年，中年，你青丝变白发，直至终老。有多情者，感你情深义重，将玉簪与你陪伴，共葬孤山。并笺小令："君意浓，妾意浓，油壁轻车郎马骢，相逢九里松。"宋仁宗赵祯亦深为震动，"嗟悼不已"，并赐你"和靖先生"。而你养的白鹤，绝食三天三夜，悲鸣而死。孤山上，只剩那一树树洁白梅花，开得无边无际。

明人张岱在《湖心亭看雪》中记载："崇祯五年十二月，余住西湖。大雪三日，湖中人鸟声俱绝，是日更定矣，余拿一小舟，拥毳衣炉火，独往湖心亭看雪。雾凇沆砀，天与云、与山、与水，上下一白。湖上影子，唯长堤一痕，湖心亭一点，与余舟一芥，舟中人两三粒而已。"

几百年过去了，踏雪寻梅的诗人来了又去，去了又来。

孤山外，茫茫天地之间，那片梅花氤氲的世界，显得愈加地肃静洁白。那些梅花林下的故事，变得更加画意诗情，让人回味悠长。有人说，你留下的那份清绝、风骨，宛如一树老梅，清寒，高洁，给人满目的素洁。

有情不必终老，暗香浮动正好。漫步在孤山脚下，让目光掠过吴山与越山的脊梁，梅花与梅香的疏影交叠，我知道有一段深情，还激荡在吴越的山水之间。我想轻挽你的衣袖，与你花下低语，将那些苦涩情事，细细擦拭。然后，也学一朵梅花，开在枝头，为你，守一份清绝，开一个地久天长的永恒。

你是我今生最美的梦，
我情愿为你永世不醒

　　残蜡销尽，疏雨过，清明后。花径敛余红。风沼荣新皱。乳燕穿庭户，飞絮沾襟袖。正佳时，仍晚昼。著人滋味，真个浓如酒。

　　频移带眼，空只恁，厌厌瘦。不见又思量，见了还依旧。为问频相见，何似常相守？天不老，人未偶。且将此恨，分付庭前柳。

　　　　　　　　　　——宋·李之仪《谢春池》

　　我一直在想，究竟是什么在蛊惑着我，让我对江南魂牵梦萦，念念不忘。要不，那些亭台水榭，怎么就夜夜如梦；

那些粉墙黛瓦，怎么就挥之不去呢？还有她的小桥流水，她的烟波画桥，她的才子佳人，她的风俗传说，仿佛有一种无法言说的魔力，在吸引着我，让我沉醉，不知归路。

直到那天，我们来到西塘。在明清古街，烟雨长廊，我们一边聊天，一边闲逛，时光悠悠，古弄深深。在临街的美人靠上，在古旧的乌篷船上，听着船娘悠扬的歌唱，我才终于明白，原来，时光到了江南，便会放慢脚步，变得闲适而悠长。

一切仿佛都是在梦里。那一座座朴素自然的古朴民居，在历经千百年的变迁之后，依然还能保持着自己独特的风格，那些聊天的村民，对弈的大爷，还有河边洗衣的娘子，他们的淳朴，他们的悠闲，仿佛灰白的照片，让人的心不由自主地沉溺，不由自主地安静下来。

有人说，江南是一方可以安置灵魂的梦里净土。宁静的西塘，能让所有浮躁的灵魂都得到平息。其实，很多时候，我们在红尘里奔波太久，在一种过于物质化和时代化的氛围中，忘了生活本有的诗意和浪漫。

看惯了大都市现代化的喧嚣种种，眼睛和心灵，也都被眼前那些光怪陆离的浮华所遮蔽，反而和我们生命中原本该有的质朴美感，错道而行。于是，心，渐渐感知不到大自然的美好。可我们的心，却那么地渴望着一种回归，回归到一种安宁祥和的心灵净土。

那天，我们沿着烟雨长廊，一路走走停停，后来，不知不觉就来了到护国随粮王庙。

据说，明朝崇祯年间，西塘一带闹饥荒，当时七老爷督运皇粮船经过，见饥民累累，遂将皇粮倾施于饥民。七老爷自知难逃国法，就在雁塔湾河里自尽。得救的百姓十分感激，事后就集资建庙供奉。朝廷得知此事，遂追封七老爷为护国随粮王。

护国随粮王庙前的游人，络绎不绝。那天，我们一直没说话，却对着七老爷拜了又拜，一股敬慕之情，自心底油然而生。

西塘适合安静，适合慢行。不知不觉，我们就来到了晴雨桥。晴雨桥的造型结构极为别致，桥宽十米，正中有花墙相隔，行人可各走一边，故称晴雨桥。桥的顶上有棚，红檐黛瓦，风情熠熠。桥的两边有护栏，且有方砖铺就长条座。

那一刻，你突然拉紧我的手，神秘地对我说，晴雨桥可不是随便走的，今生我要跟你一起走。我不知其故，转身问你。你却郑重地对我说，古人讲究阴阳学，南阳北阴，古时男为阳，女为阴。此桥南面一边是阶梯，北面一边是斜坡。男子走台阶，寓意步步高升。女子三寸金莲小迈步，寓意持家稳稳当当。

我莞尔。你拉着我的手，缓缓向往走。你的白衣随风飞扬，那个侧影美好如诗。你接着说，新婚夫妇走一走，南则送子，北则来凤。那一刻，一阵清风吹来，我的长发飞扬。我突然就想起《廊桥遗梦》中男女主角廊桥邂逅的情景，心底升起无限温情。我转身，轻轻抱着你，任风吹发散，往事经年。那一刻，你脉脉地望着我，眼神里满是温柔。

有时候，我会突然地发呆，陷入往事中去。会突然想我们的相逢，想我们的携手，想你的好，想你的坏，想你抱着我熟悉的味道，你的气息，还有你的胡须硬硬地滑过我身体时的轻颤。

江南是梦，让我流连忘返，夜夜辗转。而你却是我此生最美的梦，我情愿，为你永世不醒。

三月花事已成灾

　　如今却忆江南乐，当时年少春衫薄。骑马倚斜桥，满楼红袖招。

　　翠屏金屈曲，醉入花丛宿。此度见花枝，白头誓不归。

——唐·韦庄《菩萨蛮》

　　人生像就是一趟未知的旅程，我们不知道，何时、何地才会邂逅那段美好的风景。

　　佛曰：前世五百次的凝眸，才换得今生的一次擦肩。原来，彼此间看似偶然的一次相遇，也是前缘注定。擦肩

130

而过的缘分，定然也蕴含着太多前世今生那些或甜蜜或痛苦的记忆。而缘生缘灭，总是太过匆匆。蓦然间，再回首，才发觉人已不在，情已不再。

从此，只剩等待，无尽的等待。而朱颜易逝，风花将老。花落又花开，可是斯人仍不归来。这样子的相遇，注定了彼此的一生，只是为了眼光交会的刹那惊艳。

> 我打江南走过
> 那等在季节里的容颜如莲花般的开落
> 东风不来，三月的柳絮不飞
> 你的心如小小的寂寞的城
> 恰若青石的街道向晚
> 跫音不响，三月的春帷不揭
> 你的心是小小的窗扉紧掩
> 我达达的马蹄声是美丽的错误
> 我不是归人，是个过客……

都说情深缘浅，有缘无分。行走在城市的钢筋丛林，穿越于乡野的暮磬晨风，泅渡过春秋不息的河流。可距心底里最美的风景，与你，似乎仍还隔着一段山长水远的距离。

似花，却又非花。如雾，但又非雾。就如同记忆里那一袭隔世的背影，虽朦胧却又清晰，总是牵引着我今生的目光，将你不倦地追寻。

三月的花事，已荼蘼成灾。也把那座名唤江南的城池，洇染成一片绿意盎然的花的海洋。

冥冥之中，许是聆听到了你深情的召唤，我放下一季的心事，迎着杏花疏雨，匆匆赶赴而来，只为了这一场前尘之约。

人之所以不停地流浪着，追寻着，都是源自于心底执着的梦想。三毛曾说："为了天空飞翔的小鸟，为了山间轻流的小溪，为了宽阔的草原，流浪远方，流浪。"而我以为，生活不该只是苟且，更应有诗意和远方。因而，我们总在不停地追寻，不停地奔赴。

而我心底里最真的念想，便是江南，那一帘幽梦，一往情深，让我多少次魂牵梦绕，梦回故园。

当年读着三毛的《撒哈拉的故事》时，对那片神秘的沙漠产生了浓厚的兴趣。以至心里也曾巴巴地幻想着，未来的某一天，也能用自己的脚步，将江南的一山一水走遍。

心中有梦就很美。在纷乱的红尘，还能做梦，或许已是上天的恩赐。很久前姐姐曾这样打趣我，说我其实就是琼瑶笔下的女子，不管世间春秋辗转，一直在自顾自地做着自己的一帘幽梦。

这样子的梦，也许并不会真正有人能懂得。而那并不重要，如果此生注定没有一个知音者，不妨就做自己的知音，一个人能真正读懂自己的内心，也该是一件欣慰的事儿。

几米说，我总是在最深的绝望里，看见最美的风景。

有时候，我们感觉走到了尽头，其实只是心走到了尽头。鼓起勇气昂然向前，或许机遇就在下一秒。我们要学会如何和自己做朋友，一颗心，独处的时候，才不会寂寞。

尤其，在当今这个纯文学没落的时代。能依然坚持着心中的信仰，仍走在纯文学道上的，几乎都是有着一种很深的情结和殉道的精神。而这，和现实社会，注定是格格不入的。

而我很庆幸，在这一个世界上，至少还有一个真正懂得我的女子，她能读懂我所有的心思，她能静静聆听我所有的心事。她曾与我一路走过，那段泪水凝成的时光。

这个世上的路，有万万千千条，每个人选择的路都不尽相同。只要是自己喜欢和选择的，便要无怨无悔地走下去。

岁月自会让我们学会成长。在经年之后，曾经年少轻狂的心也将渐渐趋于平淡。而命运，却早已铺排好了一切，请相信，一切都是上天最好的安排。人与人之间的相逢虽非偶然，只是，离别却是必然。正如你我此刻的重逢，历经千年，我痴心追觅着的梦里江南，当我的脚步踏上你的那一刻，已经注定了有一天，我终将离去。

　　无论是相见或是别离，其实都只是一种形式。而这些美丽的水乡古镇，有一天也终将化为一幅时光的剪影，一幅关于江南的旖旎缩影，铭刻在我的心里，我的脑海，我的记忆，从此再也不会老去。

自能窥宋玉，
何必恨王昌

　　手捻香笺忆小莲，欲将遗恨倩谁传？归来独卧
逍遥夜，梦里相逢酩酊天。

　　花易落，月难圆，只应花月似欢缘。秦筝算有
心情在，试写离声入旧弦。

——宋·晏几道《鹧鸪天》

　　在安昌的这些时日，我的心总会被弥眼的诗情画意
氤氲。

　　行走在青石向晚的街头，薄暮斜阳，风，吹起了梦幻
般的过往。这是安昌最美的季节，粉墙、黛瓦、青烟、乌

篷，就连蔷薇和栀子也爬满了古藤。绿荫婆娑，挡不住的诗意横生。

河道外，游人如织。红衣绿女，往来不断。远处的石桥下，有写生的女子，神态安然。

忽然就想起我们的江南。双双携手，行过石桥，走过曲巷，去寻最美的风景。你白衣白衫，玉佩腰悬，轻打折扇，神情悠闲。我绿意婆娑，眉如远山，云烟着鬓，花枝招展。

想起那年，我们携手走过的江南，维扬、金陵、姑苏和西塘；想起那年，你陪我走过的春花秋月。朝朝酒满，夜夜月圆。在水乡江南，在月下花前，有多少甜言蜜语，被你绣口轻吐，然后被时光定格在那一天，那一年。爱在江南，与你相伴，所有的日子都浪漫。

"碧水贯街千万居，彩虹跨河十七桥。"那些错落有致的翻轩骑楼，曲折幽深的石板小巷，无一不在诉说这里的古老和沧桑。伫立危楼风细细。风送花香，橹动船移，多像旧时的江南，多像我们的遇见，相知，相惜。到如今，多少繁华旧梦，都被散入江南烟雨中。

你常常对我说，我们的缘分是前世注定。菩提树下，缘

那些青砖碧瓦的古朴民房，那些阡陌纵横的水路河道，那些蜿蜒曲折的深宅庭院，那些青苔滋生的乌衣巷，无不带着旧时的记忆。

定三生，郎情妾意，白首不离。你说我是你前世的白狐，而你就是我寒窗苦读的书生。在碧云天和水云间，曾经有过那么多的恩爱和缠绵。

你说，"我要这天，再遮不住我眼；要这地，再埋不了我心。要这众生，都明白我意；要那诸佛，都烟消云散，此生，只与我缠绵。"我坚信你的誓言，我坚信你对我的真心，永世不变。我也期望着，今生能和你携手，共做红尘好梦，酌酒浅醉桃花庵，笑看蒹葭年复年。

《白狐》
能不能为你再跳一支舞
我是你千百年前放生的白狐
你看衣袂飘飘　衣袂飘飘
海誓山盟都化作虚无

能不能为你再跳一支舞
只为你临别时的那一次回顾
你看衣袂飘飘　衣袂飘飘
天长地久都化作虚无

而如今，时过境迁，往事依稀如梦里。也罢，人生如梦，梦如人生。爱与不爱，本就没什么分别。佛曰："菩提本无树，明镜亦非台，本来无一物，何处惹尘埃。"

　　而我多想，能就此把过往一切都放下。我宁愿当日的我，都不曾懂得过你，只做你前世窗前听书的那只美丽的白狐。那样的话，心底里兴许就少了许多的执着与念想。若是如此，也许今生，我便能好好爱自己多一些，也就不会像现在这般孤单，这般想念。

　　可，生生竟是不能。我对你仍有爱意，我对自己无能为力。

　　若回忆可以下酒，你便是我今生不知归路的一场宿醉。无他，只因自己固执地，在心上为你修种了一池的青莲。在梦里，莲香清逸，而每一朵花开，都因为你。纵然你我之间，相隔千山万水之遥。可只要心上的莲花不败，我依然是清寂且欢喜的。皆因有时候，喜欢一个人，真的与另一个人无关。

　　是否，这个世界的情爱，大多如此。爱得越是认真，心就越会疼痛？

　　也许如你当日所言，这是你的宿命，更是我的宿命。而宿命如网，在遇到你之前，玄机便已布下，只是我一直不愿意相信，我以为，我们可以改写你我的命运的。"羞日遮罗袖，愁春懒起妆。易求无价宝，难得有情郎。枕上潜垂泪，花间暗断肠。自能窥宋玉，何必恨王昌。"

谁的寒窗，书声琅琅；谁的红妆，眉黛成殇。白驹过隙，那些岁月覆盖的过往，多像你留给我的伤，经久难忘。也罢，缘有尽，情有了，今夜，我又何必对你念念不忘。

春尽江南，花落成殇。也许，你只是我禅花开过的沧桑，徒留一阕的苍凉。

花褪残红青杏小。燕子飞时，绿水人家绕。枝上柳绵吹又少。天涯何处无芳草。

墙里秋千墙外道。墙外行人，墙里佳人笑。笑渐不闻声渐悄。多情却被无情恼。

——宋·苏轼《蝶恋花》

行走在古香古色的老街上，林林总总的商铺，让人目不暇接。

老街，是江南的底色，繁华而热闹，古朴而忧伤。

街市上，南来北往的游人络绎不绝。一脸甜蜜的小情侣，一身利索的背包客，还有那些踩着老式黄包车，嘎吱嘎吱一路远去的车夫，檐下聊天的老人，河埠劳作的女子，众多这样的人物，构成了江南老街的浮世绘。

　　江南，是诗意的江南，也是生活的江南。这样的景象，随时随地，都会撞入你的视线，勾勒出一幅生活着的江南画卷。这样子淳朴的生活气息，有着随心的诗意，和悠闲。

　　江南，是两个人的浪漫。江南，也可以是一个人的悠闲。一个人的时光，更可以随心所欲地行走。喜欢了，就随时随意地出行，周庄，西塘，同里，南浔，一路走马观花；也可以扬州赏花，秦淮寻梦，西湖放舟，总之，不管何时何地，江南的一山一水，一椽一瓦，都可以入你的眼眸，成你的诗行。这一阕的美好，是江南所予。唯有你品，方才有味。

　　　　闻听江南是酒乡，路上行人欲断肠。
　　　　谁知江南无醉意，笑看春风十里香。

　　若沉溺江南的温婉，大可不必出门。就在客栈的四合庭院里，一把藤制的老式躺椅，一本书，一杯新沏开的明前碧螺春，春光融融地照着，架上的花枝洒下斑驳的光影，偶尔有嫣然垂落的花。一朵，两朵，就这样静静地坐着，书可读可不读，如此便已十分美好。

幽窗听橹，花下读诗，我爱江南的这份诗意，这份闲适。

我知道，这样子的生活，也为许多人向往。一直以来，这也才是自己真正想要过的生活。记得以前，我们也曾经无数次憧憬过这种诗意悠闲的生活。只是，那时候的画面中，有你有我，而场景，则被你我锁在了瑶里。

而如今，我安然过上了自己最向往的诗意生活。却唯独少了一个你。只因你已远行，只剩越来越模糊的背影。

此刻，我的眼前，不断有摇橹而过的船娘，有往来的游人入眸。而我手边那杯被安置在茶几一隅的绿茶，则静静地四溢着茶香。都说茶如人生，一杯茶水，蕴含了人间生活的百态。

第一道，一片片原本僵硬的茶叶，在滚烫的开水中，舒展开了柔软的身姿。而若此时的你，饮上一口，总有点涩涩的感觉。第一道茶，青涩味苦，就如同初恋之时的男女，彼时的一切，懵懂初开，似乎有着数不尽美好的未来在等待。

第二道，才是茶味的极致。在经过了第一道的冲泡之后，第二道茶，已经熟谙了个中风情了。这时候的你，别说是品了，只消是就着茶碗，轻轻地嗅上一嗅，都会顿觉神清气爽，回味醇香绵长。这第二道茶，犹如是浓情之中的男女，情浓之时，恨不得日日夜夜有这样销魂蚀骨的缠绵。

第三道，则渐渐开始回归于素淡。如同生活，如生活中的饮食男女，在经历过了最初的青涩懵懂，中期的绚烂极致之后，慢慢地一切回归于宁静平淡。而素浅无味，原本就是生活的最后一味，也许也正是感情的最后一味。

而如果，你还想再冲泡上第四、第五道之时，则实实和饮白开水相差无几了。

也许，你我的缘分，到此倒也是恰恰当当的正好，刚好在第二道时，便戛然而止。时间静止，仿佛一切都静止于某年某月某日的某一刻。

来不及品味更多，那些情感中的酸甜苦辣，你我都还未来得及细细品上一品。由是，便也只记得了最初的美好，即便是曾经的伤害和泪水，如今回想起来，都是美的，都是令人无限眷恋和怀念的。

曾经看到过一套图文，黑底白字，八张图，上下两组，连在一起，组成了这样子的文字："如果有一天，你走进我心里。你会哭，因为里面都是你。"那一刻，突然被这组图的配文深深震撼，一种难言的心酸，瞬间席卷而来。我思量着，如果有一天，你若真能走进我的心海，会哭的那个人，一定是你。

　　爱别离，怨长久，求不得，放不下。个中滋味，也许只有自己才能品味出。想来人世间最痛苦的事儿，莫过于在人后痛哭，却还要在人前，咽泪强自装欢。

　　也许，有些缘分，明明不过咫尺距离，却始终无法牵手。有些人，明明有缘，却终要擦肩。可不管如何，既然认定了你，便再无回头。今生，我要在最深的红尘里，等你。

第六辑

一帘幽梦

相思本是无凭语，
莫向花笺费泪行

　　寂寞深闺，柔肠一寸愁千缕。惜春春去，几
点催花雨。

　　倚遍栏干，只是无情绪！人何处？连天衰草，
望断归来路。

　　　　　　　　——宋·李清照《点绛唇》

独坐西楼，烛影摇红。轻颦回眸，心事如莲。

仿佛有纤细妖娆的指尖，在轻剪着窗外的清风玉露，
为宣、为砚，然后轻轻洇开，渲染成你我今生的情缘，绽
放如莲。悠悠绵绵的思念，如曼珠沙华般妩媚妖艳，在彼

148

岸花影里，静静地微绽着，于今夜，浅醉了一池清冷的清风荷露。

孤弦轻唱，飞花陨落，却是旧时伤。梦里，不曾杳去的桃花渡口，仿佛还能触摸到杏风疏雨的清凉。沿着诗经的堤岸蜿蜒而上，一颗心浸淫在唐时风宋时雨里，任思绪醒梦在如水的江南。杨柳岸边，你一袭白衣胜雪，呵气如兰，一管长箫，吹落了桃花片片。你说我是江南的女子，似水如烟，氤氲在三千繁华的江南。

> 醉花泪，苍天钱一萧似催
> 是红尘中谁的眷念
> 那含笑的眸眼是如此的梦魇
> 只待一瞬转身破灭
> 茫茫黄泉纵横，我愿生死换相见

悠悠岁月、浅吟成歌，新词一阕、清丽如荷。那些往昔的碎片，在一一回旋，宛如春日漫天飞扬的柳絮，曼舞在心海的彼岸。过往那些温馨的美好，曾经那些甜蜜的片段，仿佛烟雾中迷蒙的水珠，轻轻溅起、滴落于心湖，在这个寂静的午夜里，倒带、回放，一颗心，便不自主地柔软起来。

我忽然就想，前世的我若是江南人家英俊的书生，定要在隔巷的卖花声里，买得一支春欲放，然后沿着蜿蜒的河道，向她觐献最美的深情。

孑行于阡陌红尘，越过岁月的眉肩，独守这一季里的花谢花飞，清丽的眉眼，不觉有轻愁微漾。曾经的恬淡从容，都化作此刻的落寞无言。远山翠蔚，残阳似血。凌乱的心，多像风中飘摇的纸鸢，要如何挣扎，才能飞得过这黄昏的寂寥。

往事不堪回味，再回首，方晓曾经已化落红，片片随风，湮落天涯。

握不住的流年，是记忆里的一夕指间沙，随季节的风烟轮回。红颜未老，心却已沧海桑田。可思念是一种病，这一刻，好想轻折一支江南的梅枝，将心中的想念统统凝系，将之放逐，随今夜的月色，遥寄于你的窗台。

烟柳轻扬如离愁，落红片片逐水流。
朔风起兮眉暗蹙，陌上几度数寒秋。

秋水共长天一色，落霞与孤鹜齐飞。满径的梧桐，潋滟了江南的秋色，醉舞的软风，染红了西山的红叶。弥眼诗意，却难掩惆怅落寞。孤单的脚步，走过异乡的街角。黯然的眼眸，该如何望穿，这城市繁华楼宇背后无言的孤寂。

前尘似水，往事如烟。思念蚀骨，仿若风中零乱飞舞的杨花，在今夜的月色里，闪烁着几分决绝的凄美。暗影流光里，望不断天涯咫尺归去路，挥不去离人杳杳依依惜别情。离愁别绪，无以拾掇，在柔软善感的心扉间流连。轻问、惆怅几许、能诉谁知。

　　曾经的浓情热烈，如今都已曲终人散，空余一缕旧时花香，唯剩一抹淡然凄凉。没了风花雪月，一颗驿动的心，却依然追逐着昨日那些曾经浪漫美丽的印记。我知道这个季节里，总会有太多的感触。思绪如清风肆扬，我不知道，在我不知的远方，是否还有白衣的公子，打马走过江南的小巷。

　　夜风吹过，却像彼时的记忆，让我沉醉，让我迷离。恍惚中，一种无边的孤寂袭上心头。忧伤难挡，泪水不听话地再次爬上眼眸，那一刻，不知你可曾感觉到了我心底的疼痛和忧伤。我将花笺轻展。凌乱心事，在笔端流淌，亦有无尽的伤感，奔涌，仿佛这个夜晚，窗外无边的寒冷和黑暗。

　　三千烟水两茫茫，冷月花魂暗自殇。而今再回首，恍然如梦。三千烟水之外，只是我一个人的浅吟低唱。当曾经的歌赋诗词，都淡为了烟尘往事，何处再觅你往日的柔情？十丈软红，寂寞深深。究竟是谁忘却了当初三生的誓言。只怪窗前的白月色，不懂得人世间的寒凉。红笺怨语，幽梦秋霜。今夜，倚遍栏杆，唯见满地菊花残。

西风碎了秋雨，绿萝拂过衣襟，那些被青云打湿了的诺言，随季节的风烟消散。一场秋风，吹老了掌心里绵绵的思念，一场秋雨，淋湿了眸光中隐隐的期盼。一份痴情，掩映成梦，我翻遍过往所有的记忆，只余物是人非的空寂。原来，最后的最后，所有的灿烂，都要用寂寞来偿还。

灯影阑珊，秋月高悬。梦中，谁还在我耳畔，轻唱那首不变的忘川。说书人的檀板，还在将才子佳人的故事重演。倚遍栏杆，今夜谁又眉黛颦断，泪湿花笺？

江南节物，水昏云淡，飞雪满前村。千寻翠岭，一枝芳艳，迢递寄归人。

寿阳妆罢，冰姿玉态，的的写天真。等闲风雨又纷纷，更忍向、笛中闻。

——宋·杨亿《少年游》

草长莺飞，桃红李白，恰正是江南好时节。

江南的美，在阳春三月的周庄，也在冯延巳的《谒金门》里："风乍起，吹皱一池春水。"巷外的小河，不知何时已泛起醉人的绿意。古镇背后的远山，也不知何时已披上

155

了青翠的衣裳。只消一眼，软软的暖风，便能熏醉游人的眼眸，也惹起了谁一春的心事如麻。

白居易说，"日出江花红胜火，春来江水绿如蓝。"

江南的美，如诗，如梦，如画，婉约，迷离，让人沉醉不知归路。千百年前，就已被多情的诗人定格在那一阕阕缠绵悱恻的诗词里。

水波潋滟，酒旗招展。流光飞舞中，我的记忆也开始紊乱起来。仿佛正与那些唐朝的诗人和宋代的词人，在花街柳巷，在秦楼楚馆，挥洒翰墨，诗词唱和，"一曲新词酒一杯，去年天气旧亭台，夕阳西下几时回？"

一场梨花一场爱，一身白衣一生裁。记忆如昨，相思成灾。江南的烟雨迷离了我的眼眸，江南的诗词缠绵了我的记忆。那些关于江南，关于你我前尘的往事记忆，像是抹在娇羞脸上的胭脂，又像是刻在心底的朱砂，此刻，就这样一点一点洇开，一点一点旖旎，让我的春心，把持不住地荡漾，温柔沉浮。

生在江南，长在江南，似乎对江南有着永远也无法言说的迷恋。可是，当我走过城市的钢筋水泥丛林，我却开始愈发地迷茫了。今日之江南，与昨日之江南，与我梦里之江

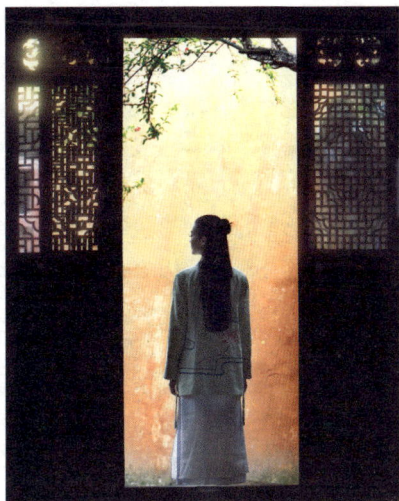

在乌镇客栈，晨曦透过纱窗，在地面落下虚实交叠的画卷。你突然走过来，依在我的耳边幽幽幽幽地说，梦在远方，趁年少气盛，我们去看最美的风景。

南，与我唐诗宋词里的江南，简直判若云泥。在现代文明越来越发达的今天，城市的摩天大厦越建越高，可是我梦里的江南呢，却日渐式微，亦离我愈发地遥远了。

直到有一天，直到我走近周庄。当我的脚步悄然踏上周庄的那一刻起，我的梦，我梦里的江南，在我的心底瞬间复活了。千寻千念，我痴痴追寻着的诗意江南啊，如今，终于画卷一般展现在我的眼底。

古色古香，铅华洗尽，展现在我眼前的周庄，是这样子的素净无华。

那一刻的我，欢喜宛如枝头的小雀。

周庄，带给我的是一份惊喜，一种梦幻。

纵横交错的河道，狭长的乌衣巷，斑驳的老院墙，还有墙面上攀爬着的那些苍绿的青苔，无一不是在诉说着它过往悠远的历史。那一条条被时光漂洗得斑驳的老街，仿佛在无声地诉说着历史的沧桑。

周庄旧名贞丰里。据史书记载，在北宋元祐年间更名为周庄，是一座迄今为止，已存活了近千年的江南古镇。素净，恬淡，迷离，朦胧。江南的诗意和底蕴，在这里得以最完整的体现。

周庄，它用千百年时光的坚守，坚守着属于它自己的那份特有的古朴。

它没有在光怪陆离的现代文明前迷失，它甘于清贫，甘于寂寞，宛如古时的女子，养在深闺庭院，纵然无人来赏，却依然不亢不卑地美丽着，芬芳着。而要坚守这一份淡泊和从容，是多么不易。

那一刻，外表看似平静的我，内心里却早已卷起了无边的狂潮。

周庄，我为你而骄傲，你就是梦里江南的旧日模样啊，你就是我千百年来苦苦追觅的隔世恋人。

"半壕春水一城花，烟雨暗千家。"在周庄，不论是风和日丽阳光明媚的日子，或是杏花春雨迷离的烟雨天，都有着别具一格的动人和美丽。

周庄，不矫揉、不造作，但却自有一份清丽出尘的妩媚和空灵。

这种纯天然的妩媚，增一份，便显俗了，而若是减去一分，则又寡淡无味。

我想，周庄之所以会让那么多的人魂牵梦萦，心心念念，便就是这一份江南独特的魅力了。

而归根结底，周庄，它的剪影，是浓缩了的五千年华夏文明的一个缩影，是中华古老的文化孕育而成的诗意小镇。

梦在江南烟雨中，心碎了才懂。我多么希望，不管世事如何变迁，也不管流光如何流逝，我梦中的江南都依然安好如初。"兰烬落，屏上暗红蕉。闲梦江南梅熟日，夜船吹笛雨潇潇。人语驿边桥。楼上寝，残月下帘旌。梦见秣陵惆怅事，桃花柳絮满江城。双髻坐吹笙。"

一滴清泪悄然滑落，我的眼眶不知何时已经湿润。粉墙黛瓦，风景曾谙，勾栏瓦肆，笙歌泛夜，那些温润的光阴，闪射的过往，原来，一直留存在我的脑海，温柔而缠绵，妩媚而多情。

　　红绡学舞腰肢软，旋织舞衣宫样染。织成云外
雁行斜，染作江南春水浅。

　　露桃宫里随歌管，一曲霓裳红日晚。归来双袖
酒成痕，小字香笺无意展。

——宋·晏几道《玉楼春》

　　月挂帘钩，檀香冉冉。一曲轻缓悠扬的古筝乐，如珠玉
般，悄然滑落入夜色深处。又恍若淙淙的清泉，在山涧花溪
悠悠流过，溅起了一路叮咚清脆的弦音。仔细听去，却是安
雯演唱的《月满西楼》。

红藕香残玉簟秋

轻解罗裳，独上兰舟

云中谁寄锦书来

雁字回时，月满西楼

　　窗前的疏竹摇曳，淡淡的月色流泻进来，晕染如水的魅色。一杯清茗，一册诗卷，在江南的夜晚，聆听这样的曲子，总是有种感伤的味道。恍惚间，有一种薄薄的凉，涌上我的心房。

　　此曲取自易安居士的《一剪梅》。易安是词中的大家，只三言两语，便道尽了古今的悲欢离合，爱恨情仇。即便光阴越千年，曲中感伤的意蕴却依然未变。在这个深夜里聆听，曲中、词中，那一种委婉如诉、哀怨缠绵的相思之情，心内不禁黯然。

　　其实，诗词也好，文字也罢，大致都是相通的。这些艺术的表达形式，唯有注入了作者当时的真实情感，才能有生命力存活下来。若是一味地堆砌辞藻，为赋新词强说愁，不仅让读者味同嚼蜡，兴趣索然，更不可能存活，流传下来。

　　而红尘之中的男女情爱，更是人们千古不变的话题。尤

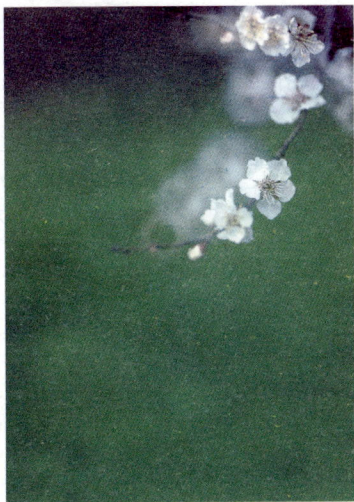

你说，树下的花瓣一朵一朵，带着露珠。
晶莹，仿佛谁的眼泪。
我知道，不管时光如何变迁，
都还有人仍在守着那个不变的容颜。
一守就是一千年。

其是那些带有悲剧色彩的故事，更能触动人们心底最柔软的心弦。只因，情之动人，无关乎地域，无关乎时光，无关乎性别，无关乎年龄。

如梁山伯与祝英台，如罗密欧与朱丽叶，这些经典的中外悲情故事，曾经引得多少人为之落泪不已，皆因爱情，是人类文学艺术上永恒的一种表达。所谓，情不知所起，而一往情深。

很多时候，再理智豁达的人，遇到情感上的纠葛时，往往也很难坦然面之。皆因身处其中，那些喜怒哀乐，只有自己才能深深地体会和感知，旁人是爱莫能助的。

若能有一个挚友，可以静静地倾诉，倒也是一种释放忧伤的方式。可很多时候，很多心思，是不足以，也不能为外人道的，若是如此，便需要自己渐渐地开悟，懂得适度放下，才有益于身心的健康。

往事既已不再，纠结只会让自己的内心，时时处在一种焦虑、痛苦和忧伤的状态之中。

闭上眼，把那些曾经的美好，珍藏在深深的记忆里。春秋辗转，那些失去不能再挽回的人和事，就让岁月和流水一起带走吧。既然蝴蝶飞不过沧海，那就轻吟光阴的歌，淡看人间烟火。

曾经的美丽，也是一种财富和拥有，只要真切地拥有过，那么，一切都是存在的。只是我们不能让它们永恒而已，就如同我们不能让青春永远常在，不能让花朵永远盛开一般。

大自然的潮起潮落，都是遵循着自有的规则，而情感的起落，也是有其本身的缘由的。

再深的情，缘分尽时，也无法留住匆匆离去的脚步。

如此，我们又能奈之如何呢，远去了的，永远不可能再回来。除了放下，除了放过，已别无他法。若再是纠缠不清，只会令自己痛苦不堪。而人生苦短，我们不应该总在痛苦之中度过。

所以，懂得取舍和放弃，才是智者的选择。

你看大自然的沧海，都能变为桑田，而我们，又怎能奢望另外的一颗心，永远与自己同步共振呢？

很多时候，我们常常都在责怨对方变了心，却往往不懂得自省。变与不变，其实责并不在某一方，是双方共同走到的结局。

窗前的月色很美，一帘如钩，宛如弯弯的过往，绚丽多姿，但终是过去，已不可追。

花自飘零水自流。一种相思，两处闲愁。

此情无计可消除，才下眉头，却上心头。

永夜风烟，青几烛火。仿佛还是宋时的那一轮明月，高悬枝头，斜进绮窗。它曾看过人世间无数的沧海桑田，也见证过红尘里无数的悲欢离合。千百年的光阴流转，有多少默默情愫，都化作永恒的无言。

月儿虽然无言，却也用自身的阴晴圆缺，开示着红尘儿女，只有豁达的心态，才能化解悲欢离合之痛。若以一颗达观如水的心去生活，不论身处何地，不管顺境逆境，只要永葆一种积极向上的生活态度，一切的难题和痛苦，终归都会迎刃而解。

窗外传来船娘摇橹的声音。我想，一定有皎洁的月轮波动在水面之上，与沿河灯笼留在水中的倒影相嬉戏，颔首。那迷离的月色，仿佛多情的眸光，在温柔地应和着我的忧伤。

我忽然就明白过来，一个人的江南，其实并不孤单，孤单的是你不在我的身旁。

　　宝函钿雀金鹦鹏，沉香阁上吴山碧。杨柳又如丝，驿桥春雨时。

　　画楼音信断，芳草江南岸。鸾镜与花枝，此情谁得知。

　　　　　　　　　　　　——唐·温庭筠《菩萨蛮》

　　"南园满地堆轻絮，愁闻一霎清明雨。雨后却斜阳，杏花零落香。无言匀睡脸，枕上屏山掩。时节欲黄昏，无聊独倚门。"那天，我在楼下闲逛，收到姐姐托人带来的信件，问我这些日子，在江南的感受如何。

江南是诗，江南是梦，江南是我心底的朱砂痣。永远都在美丽地摇曳着，每每想起，便有牵心扯肺的疼痛。掐指算来，我来苏杭已有月余日子。江南的美景，江南的风情，还有关于江南的心事，都被我一一收进了锦囊。

　　回到客栈，闲翻书卷，突然间就被自己感动起来。一叠一叠的信笺，一帧一帧的照片，雨巷的油纸伞，水乡的蚱蜢舟，店家的皮影戏，酒肆醇厚的女儿红，临水人家那一串火红的灯笼，还有桃花树下颦眉浅笑的女子，便是这些日子，我对江南留下的最深的眷念和记忆。

　　"画罗金翡翠，香烛消成泪。花落子规啼，绿窗残梦迷。"回首走过的路和追寻的梦，我的心中便有了无言的酸楚和疼痛，也有了满满的幸福与喜悦。当年，青梅犹小的我，只是单纯地喜欢文字念在口齿中的那一份优雅和从容，却从未想到，多年以后自己和文学结下了如此深厚的情缘。

　　也许，人生就如独行山阴道中，有荆棘丛生，有繁花似锦，柳暗花明，各色清喜和惊奇，总是随处可见。就如我们姐妹二人。当年，正值花季的姐姐，也是怀有这样的一个文学梦，并真真切切地做过一回越剧演员，还亲自编写了剧本。依然清晰记得，高中时期的姐姐就曾经写出一整本的越剧剧本。泛黄的书册，厚厚的一卷，至今仍惹人艳羡。而姐姐当年的文言文水平，在学校和年级里，也一直名列前茅。每当听到语文老师诵读姐姐的文章时，就连我亦随之生出几分的自豪来。

后来，由于种种原因，姐姐最终并未走上写作的道路，倒是真切地走进了生活，把老天赋予的才智，都融进了生活中去，大刀阔斧地做起了自己的事业来。三两年下来，倒也风生水起，做得有声有色。也许，生活本身比文艺创作更生动，更多情。最真的生活，往往也是最美的艺术。

而我，一直心念江南，梦里的江南，生活中的江南。"苏小门前柳万条，毵毵金线拂平桥。黄莺不语东风起，深闭朱门伴舞腰。"那些江畔的烟柳，残桥的才子，和楼上的歌舞，仿佛一阵落花风，从我的眼前拂过，"思君若风影，来去不曾停"。万千心事，在恍然间，亦随之而生。

苏子说，人生如梦，一尊还酹江月。而我却认为，每个人都有自己的梦想和追逐，有些梦，可能清晰，有些梦可能模糊；有些可能闲适，有些梦可能清远。但不管怎样，有梦就好，不必消沉，只要勇敢地去追逐，成功也好，失败也好，只要努力过，就可以无悔。

姐姐在信笺中说，生活中的我，总是带有一点江南女子的小脾气。闲适，随意，不会刻意地去追求些什么，只喜由

兰烬落，屏上暗红蕉。

闲梦江南梅熟日，夜船吹笛雨萧萧。人语驿边桥。

那个时候，我一定会与心爱的人，携手双双，倚身在朱栏，共一江春水潋滟，共一帘幽梦阑珊。

着自己的性子，去做自己喜欢的事情；在物质上，更是随遇而安。我相信一切都不可求之说。

张晓风在《也是水湄》里记载，"丈夫和孩子都睡了，碗筷睡了，家具睡了，满墙的书睡了，好像大家都认了命……所有的女人仍然有一件羽衣，锁在箱底，她并不要羽化而去；她只要在启箱检点之际，相信自己曾是有羽的，那就够了。"而此生的她，却有梦在心中激荡不已，"只要有一点情意，我是可以把车声宠成水响，把公寓爱成山色的"。因为有梦，张晓风把生活过得有声有色，风雅而隽永。托尔斯泰曾经说："一切伟大的文学作品，都将为伟大的时代、伟大的人生和爱情而写照！"

在这个笑贫不笑娼的年代，尤其是我的江浙故里，在思维和经济都超前发达的现代化大都市里，人们早已经习惯了以财富的多寡论英雄。在此环境下，想要坚持自己的文学梦，着实需要一定的勇气。我钦佩，那些古人不为五斗米折腰的气节。其实物质上的清贫，于我而言真的不算什么，我宁愿与文字为伍，与气节为邻，守着清贫，守着文字，守着心中的梦想，永远不被世俗玷污。

人活着，是需要有一些精神追求的，有信仰和目标的人生才有意义。而我亦深信，受过传统文化熏陶的心灵，定然会少了世俗，多了纯净。因为心中有梦，有真善美，所以，不管尘世的烟火，怎样侵染，美好依然还在那里，如庭前明月，风中蔷薇，不灭不生，不增不减，年年岁岁，花事玲珑。

"万枝香雪开已遍，细雨双燕。钿蝉筝，金雀扇，画梁相见。"当我在花笺上写下上面这些文字的时候，窗外的天色，已经渐渐暗了下来。沿街的灯笼次第亮起，河道里的蚱蜢舟也多了起来。暮色下的江南，变得更加迷人，更加诗意起来。

"散帙坐凝尘，吹气幽兰并。"我多么想，多么想，我心中的梦，我心中的江南，永远都不被世俗侵扰，永远保持着最纯美最纯粹的姿态。一如林俊杰所唱，"梦在江南烟雨中"，诗意，朦胧，却又别具风情。

问世间情为何物，
直教人生死相许

洞房昨夜春风起，故人尚隔湘江水。

枕上片时春梦中，行尽江南数千里。

——唐·岑参《春梦》

　　一直想做个安静的女子，在江南的烟火气息里，守着最初的自己，看花谢花飞，日出月落，静数流年。当漫天的杨花飘过三月的月桥花院，在杨柳低垂的江南，看所有的故事和情节温馨上演。

　　那时，我端坐轩窗之前，窗外的疏竹摇曳，廊下的蔷薇绿意萦绕。仿佛，那段倒流了千百年的时光，还在我的眼前盈盈流转。

粉墙黛瓦，九曲回廊，河畔的乌篷船幽幽地驶过，犹如画中流动的意象，在凡尘中倾诉着那些不为人知的过往。

也许，那是你我曾经的前尘旧事。只是，经了光阴的淘洗，已经逐渐模糊了往日的葱茏和芳华。如今，当我静默地走过那一扇扇的朱红雕窗，一弯弯的青石街巷，一切恍如梦境。

春雨如丝，在幽幽地飘落，枕水人家墙外的桃花，也变得迷离起来，妖冶起来，她们不停地在和檐外的青苔小声呢喃。而我眼前的绿意，也变得越来越浓起来。时光仿佛在不停地在后退，后退。

依稀间，我又看见了，细雨中的那把十八骨的油纸伞，还有青石桥上牵紧着的双手。

你白衣胜雪，才冠三绝，只一瞬间，便点亮了我隔世的容颜。

你粲然一笑，宛如一枝含露的桃夭，悄然绽放于我的心底。那一刻，我的心事随之起伏。一向羞涩的女子，却在心底升起追随你去的决绝。后来，你携起我的手，幽幽地对我说，闻道江南春好，公子陪卿共赏花柳可好。我羞涩，却很干脆地点点头，掩饰不住内心的欢喜。

这样的故事，太美好，太浪漫，也太容易让人沉溺。仿佛只会在梦中上演。

可是，我依然固执地坚信，你和我是有前缘的。当日见到你的一刹那，火光电闪，灵犀暗通。这样的默契和相知，在我的生命中，尘世再无其二。过去没有，今后，也绝不可能再有。

此刻，想起当日你许我的那些诺言，心底，不禁又有了莫名的感动，和明媚的幸福。

佛曰，前世五百次的回眸，才能换得今生的一次擦肩而过。而我不知，究竟是该庆幸你我的重逢，还是该感伤你我的情深缘浅。

倚着美人靠，坐在江南人家的水榭月台，我在光影斑驳的流年，回望那些依稀旧梦，心底升起莫名的痛。都说，有一种情，叫做相忘于江湖。我不是决绝的女子，亦素知所有的浪漫和美好，都不过是一场风花雪月的虚无，可终是忘不掉。忘不掉你的好，你的坏，还有你在我眼里，盛开的温柔，千回百转。

有时候，我想，若我们的情缘，能随意相忘，想必当日

公子说，爱无言，千回百转；情无声，寂然欢喜。

而此生，我只要你的陪伴，便无憾。

的情分，也是菲薄不堪的。若是如此，对我有何意义？时光如水，也许能慢慢抚平我的忧伤。只是，那个人，一旦放进心底，便是一辈子。

想起程蝶衣的那句台词："说好一辈子，少一年，一个月，一天，一个时辰，都算不得一辈子。"心中的惆怅，便又增多了几分。我不知道，尘世间，要多深的爱，才能承载得起如此的情深。也许，这样的情，也只能留存在故事中。人生若能果真得遇这份情，怕是没有几个人能承受得起。

你我的情缘，也许，只是彼此生命中的一部分，但因为有你，那一段美好时光，便足以老去我所有的年华。一生只为一人去，此情终不渝。

"问世间情为何物，直教人生死相许？"金庸武侠名著《神雕侠侣》中，李莫愁每每为情所困，不得解脱时，便会发出这样的追问。是啊，究竟情为何物？我亦无解。

记得元好问在《摸鱼儿·雁丘辞》中记载：乙丑岁赴试并州，道逢捕雁者云："今旦获一雁，杀之矣。其脱网者悲鸣不能去，竟自投于地而死。"予因买得之，葬之汾水之上，垒石为识，号曰"雁丘"。

大雁殉情，向爱而生。每每读及此处，心灵便会被深深震撼。自然界的动物尚且如此，一生只为一雁去。而人呢，作为有情感有血肉的人类，又该如何？

陈眉公在《小窗幽记》里说，当为情死，不当为情怨。

我深知，情深不寿，慧极必伤。情到深处，总是让人心伤。也许，红尘中最好的情感存在，便是这样："宠辱不惊，笑看庭前花开花落；去留无意，淡观天空云卷云舒。"

只是，该要有多少的修为和禅心，才能真正地做到宠辱不惊？就连皈依佛门的苏曼殊，还幽幽不舍地慨叹："乌舍凌波肌似雪，亲持红叶索题诗。还卿一钵无情泪，恨不相逢未剃时。"身在红尘，终究难逃一个情字。外人眼里，清高孤傲的我，似乎恰属于云水禅心的那种女子，只是我内心的烈焰，自遇见你的那一刻，即被点燃，并一发不可收。

沧海桑田，明月凡心。也许，一些人、一些事，错过了，就是一辈子。当初的刻骨铭心，在历经时光变迁之后，繁花落尽，终以一场烟花散尽后的苍凉态势，在心上、在眉间，凝结为一记欲语还休的落寂。

春暖花开的时节，本不该是伤春的季节。可因心底的情执太重，我的心，终是无法释然和快乐。也许，某一日，当我有了大智慧，便可真正地放下了，平静得宛如一朵青莲，不蔓不枝，濯水而立，开时怡然，落亦怡然。纤尘不染。

扫一扫进入本章曲单

【忆江南·雨打梨花深闭门】 / 创建者：掌门大人

第七辑

一去经年

事如春梦了无痕

桃花坞里桃花庵，桃花庵里桃花仙；桃花仙人
种桃树，又摘桃花换酒钱。

酒醒只在花前坐，酒醉还来花下眠；半醒半醉
日复日，花落花开年复年。

但愿老死花酒间，不愿鞠躬车马前；车尘马足
贵者趣，酒盏花枝贫者缘。

若将富贵比贫贱，一在平地一在天；若将贫贱
比车马，他得驱驰我得闲。

世人笑我太疯癫，我笑世人看不穿；不见五陵
豪杰墓，无花无酒锄作田。

———明·唐伯虎《桃花诗》

"桃之夭夭，灼灼其华。之子于归，宜其室家。"每当读到《诗经·桃夭》一篇，我的记忆总会回溯到古时的江南，烟雨迷离的江南，桃花灼灼的江南。也许，桃花本来就该独属于江南。因为不管是唐伯虎的《桃花吟》，还是黄药师的桃花岛，凡是桃花出现的地方，都是委婉的浪漫，诗意的缠绵。

　　"小桃西望那人家，出树香梢几树花。"那一朵朵美丽的桃花，盛开在江南的烟水城郭外，探身在古巷深处人家的墙头，摇曳在书卷的深处，她们朦胧，诗意，静淑，美好。她们如胭脂一般点在江南的画卷之中，水墨画般一点点晕开，艳色四溢，芳香无比。

　　江南的美，是带有灵性的。因为也只有这一方的山水，才能孕育成一个如此浓郁的人文氛围和浪漫气息。诗人说，梦在江南烟雨中，心碎了才懂。江南的山水，被灵性赋予，江南的烟雨，被诗意氤氲。江南的风月故事，更是有着道不尽，说不完的风流和旖旎。

　　"东风着意，先上小桃枝。"那天，我从秦淮河畔的桃叶渡口走过。古城人家的粉墙黛瓦，掩映在绿杨荫后，几株桃花静静地开在绿水池畔，仿佛含羞的女子，在临水梳妆。

我眼前的春光，在肆意地铺陈烂漫。我背后的花枝摇曳，仿佛谁"吱吱"的笑声隐隐传来。碧波绿水间，风吹起的涟漪，一圈圈地漾向深远。我的体内，仿佛有一股暖流，正在激烈荡漾。

据说东晋时代，秦淮河水面开阔，遇有风浪，若摆渡不慎，常会翻船。书法家王羲之的七子王献之与小妾桃叶两情相悦，十分绸缪。因担忧桃叶安危，王献之当年常在这里的渡口迎候。王献之在《桃叶歌》里说："桃仙复桃叶，渡江不用楫，但渡无所苦，我自迎接汝。"

后来，王献之迎接桃叶的渡口，便被人亲切地唤作桃叶渡。

时光漫卷，千百年的往事回环。桃叶渡口，仿佛我就成了那水袖轻衫女子，正踯躅在秦淮河畔。河阔水急，滚滚的波浪翻卷。河边的桃花一朵一朵，明媚如我的眼眸。那个时候，你向我款款走来，你深情地望着我，眼神中是满满的安慰和期待。

春到江南，花事连绵。望着渡口的桃花，我的心底突然就有了莫名的兴奋和嫉妒。仿佛千百年前，桃叶渡口我们曾有的前缘。我忽然就想，生性爱静的我，如此喜爱桃花，是否冥冥之中，就有这样的安排？

水巷蜿蜒，不知流转过多少歌舞画舫；而那些关于江南的往事旧梦，仿佛一坛花雕老酒，在橹声欸乃中，醇美得让人不愿醒来。

可有时候，我连自己也不太明白。桃花给我的感觉，是奇妙的，是美好的。我爱桃花的静美，也爱莲花的素洁，梅花的清逸，而对桃花的偏爱，明明是多于后两者的。

胡兰成说，桃花难画，因为她的静。可此刻的她们，多像是红尘里的小小女子啊，她们倚在江南人家的檐下墙外，一个个媚眼含笑，风情万种，春风一吹，便在季节的枝头，开成娇美的姿态，开成最美的江南。

桃之夭夭，其华灼灼。你曾经对我说，桃花虽然身有媚骨，但绝不俗气。桃花给人的暖，犹如邻家女子一般的亲切。所以，桃花是上苑的仙子，但骨子里，是带着人间烟火气儿的。

或许，这便是我深爱着她的缘由。又或许，本身的我，就是一个入红尘很深的女子。

想起和你的一场相遇，就仿佛是眼前的桃花。一季的盛开，然后凋零，委地成泥。再经季节的风一吹，逝如春梦，了无痕迹。而我却多想抓住，你我之间那些薄如蝉翼的云烟过往。

那天，江南贡院的锣鼓喧天，文德桥上，赶考的士子，络绎不绝，列队而过，他们眉目清秀，意气风发。我忽然就想，他们之中，哪一个会是你呢？若在古代，彼时的我，又会在哪里呢？在高高的绣楼，提针捻线，心思良人；还是在秦淮河的雕楼画舫，浅笑歌唱？而我们又会是在哪里邂逅，在你走过的秦楼，还是我辗转的渡口？

那一刻，我望着桥下的流水，陷入了深深的思考。千百年来，有多少读书人在这江南贡院追求金榜题名，他们鸡窗夜读，从书斋走入官场，希冀步步青云。不正像这潺潺流逝的秦淮河，一去再无回头？

竟无端感伤起来。风来尘往，有多少往事，只能留在梦中温存。除了在梦里，我终是无法再见你昔日的容颜，那个一身白衣，风流倜傥的少年。

你白衣翩翩，如一夜忽来的春风，轻轻地，轻轻地，唤醒了我沉睡的记忆。而我，却如桃花，只能开在渡口，为你绽放一春的记忆。

我羽化在岁月的枝头，原想挽留你最后的温柔。可飘落的花瓣，已流转于春山之外。

花开花落，世事无常。也许，有些情终将成殇，有些人终要成过往。

你是我
风花雪月的过往

凌波不过横塘路，但目送，芳尘去。锦瑟华年
谁与度？月台花榭，琐窗朱户，只有春知处。

碧云冉冉蘅皋暮，彩笔新题断肠句。试问闲愁
都几许？一川烟草，满城风絮，梅子黄时雨。

——宋·贺铸《青玉案》

都说江南水乡是梦的天堂，置身周庄狭长幽深的小巷，
仿佛那些历史久远的跫声，并未远去。时光在这里，渐渐变
得邈远沧桑起来，那些散落在唐宋诗卷里的记忆，仿佛触手
可及。

倚在刘家客栈雕花的窗前，望着眼前飘然而过的游客，我的思绪，不禁有了片刻的恍惚。

门前的那条小巷，狭窄得仿佛仅能容两人擦肩而过。这样的逼仄，不仅没有让人生厌，反而倒生出一份甜蜜的记忆。如此浪漫温馨的场景，倒更适宜初恋的男女，十指相扣，缓步而行。小巷的两侧，是高耸斑驳的老墙，古朴而沧桑。

午后的阳光，透过老街八角屋檐的空隙，薄薄地落下来，仿佛清风吹落的花瓣，让人心生疼怜。

喜欢就这样，随意自在地行走，简单，而漫无目的。

两岸的古民居，粉墙黛瓦，依水而筑。远远望去，有水乡的窈窕女子，正是妙龄芳华的年纪，在对岸河埠头的石阶上，漂洗着衣裳。波光潋滟，那是一幅动人的水墨画卷，令我不自禁地想起了古时候的浣纱女子，那一幕梦幻的场景，让人恍如穿行在唐宋时的画卷里。

水上闲闲地横着几条乌篷船。它们一溜烟地躺在巷外的柳荫丛里，仿佛春困未醒。船头的舱篷之上，一对惹眼的大红灯笼，高高地悬挂着，让人不由自主地想起昨夜的丝竹呢喃。还有舱间那个咿咿呀呀说唱的女子。她的长发如瀑，披散在绿绮之上；她的眼神迷离，仿佛带着前世的记忆。而她皓腕间闪射着的，一定是玉倾城手工制作的碧玉钏，要不，怎么就轻易地，轻易地，让隔船的公子心事重重，彻夜难眠。

就在我思绪翩飞的瞬间，河岸边一位写生的女子，不经意间就落入了我的眼帘。她美丽的纤影，如描画在粉墙上的仕女图，静美之至。我凝望着她，心底浮起了几丝好奇，于是向她缓步走了过去。

画布上，是一幅即将完成的油画作品。河对岸那一位浣纱女子美丽的身姿，曼妙而轻盈地出现在画面之中，水波荡漾，涟漪点点。她凝神屏息，运笔如神，整个江南，仿佛正在她的纤手之下，逶迤而出。

风吹拂着她的长发，乌黑秀美，光华可鉴。让我忽然想起那次在姑苏客栈，我蜷伏在你的怀抱，窗前的烛影摇曳，屏上的鸳鸯成双，你轻轻地拥抱着我，你纤细的十指轻抚着我的发，眼神迷离，深情眷眷。一瞬间，我又羞红了脸颊。

就在我神思恍惚的刹那，那姑娘似乎窥到我的心事，不觉掩袖莞尔。恰我们的目光交汇，彼此羞红了脸颊。她美丽的眼眸，灵动如水。想来应是艺术院校的学生，美丽年轻的脸庞上，飞扬着青春的梦想。

我颔首浅笑，然后安静地走开，并不想去打扰她。

沿着曲曲折折的小巷，走过一户民居的院落，两扇斑驳古旧的木门紧紧地掩着。岁月的沧桑和变迁，似乎都被写在了这两扇木门之上。那一道道乍裂开的白色缝隙，显得那样地醒目，张扬。我的心底，突然生出无尽的感慨。岁月流转，那曾经鲜活的朱门绣户，繁华往事，到如今，都化作历史的记忆，缥缈而不可寻。

然而，就在这户人家的门前，一大丛蔷薇花却在蓬勃昂然地盛开着，花事绵绵。那枝繁叶茂的蔷薇，铺排着葱茏的绿意和娇艳，点睛着江南画卷的诗意与浪漫，仿佛也在唤醒着大户人家的过往与记忆。

特别是那片绿意盎然的蔷薇花，跟那两扇破旧的木门，在视觉上形成了强烈的反差，让人感受到了一种古老时光和鲜活生命力的激情撞击。

街道蜿蜒，小巷悠长。我边走边想，时光的流转，岁月的沧桑，恍惚中就有了一种游离之感。忽然就想起了那次在西塘，转过小巷，邂逅的"转角爱"酒吧。我知道，很多的邂逅和爱情，都在转角的刹那发生。同样的小巷，在周庄，在古镇的江南，我想，也一定上演过很多荡人心魄的美丽邂逅和浪漫。

白衣萧郎在《繁华事散逐香尘》里说，转过街角就能遇见爱情，遇见你。我不禁想，转过这个街角，你是否会奇迹般地出现在我的眼前，如幽兰一般，浅笑晏晏。

朋友说，梦若在，爱就在。而我很庆幸，在我过往的岁月里，不管是顺境还是逆境，梦始终灿烂温暖着，每当我想起你的时候，我的心便会变得柔软起来，世俗起来。我不要做倾城倾国的女子，我只要做平凡人家的姑娘，跟你浪迹天涯，跟你田园织耕，日日夜夜，不离不弃，直到青丝变成了白发，直到沧海变成了桑田。

在我们的生命之旅，从起点到终点，总是在不断地邂逅，不断地遇见，然后又是不断地告别，不停地怀念，而很少有人能陪伴我们走完人生的全程。

也许，中途我们将邂逅一段美丽的风景，邂逅一段倾心的情缘，因为无关乎拥有，所以也不必太在意是否会天长地久，只要曾经美丽过，动心过，何不让它成为彼此记忆里一段风花雪月的过往。

而每一次的遇见，冥冥之中，相信都是一种天意的注定。

都说美丽易碎，恩宠难回。当爱情以一场盛世烟花的态势，激情燃放过后，陨落，定格为一幅永恒的画面。那些曾经，亦逐渐化为心尖的一点朱砂，美丽着，疼痛着。

就如此刻的我，漫步在周庄的水色时光里，看着一些影像重叠的画面，脑海里始终有着你的记忆，模糊或清晰。

一场花开，妩媚了多少往事胜景；一次花落，挫伤了多少颦眉记忆。我不知道，是时光记起了我的往昔，还是我在流光里忆起了前尘。内心深处的柔软，在一次次被深深唤起。此刻，在枕水人家的江南，在朱门绣户的古镇，我不禁又一次想起了你。

原来，亲爱的你，一直都是我无所不在的记忆。美好，诗意，缠绵而迷离。

如果每个梦都要散场，

我又何必念念不忘

西城杨柳弄春柔，动离忧，泪难收。犹记多情曾为系归舟。碧野朱桥当日事，人不见，水空流。

韶华不为少年留。恨悠悠，几时休？飞絮落花时候一登楼。便做春江都是泪，流不尽，许多愁。

——宋·秦观《江城子》

十二月的江南，兵荒马乱。

肃杀，历尽千军万马后的一片狼藉。硝烟未曾散尽，落红，零落委地。

他，那一个她前生最为眷恋的男子，她生命中的真命天子，在春秋更迭的季末，姗姗来迟。

她不曾想到，在江南的小镇，在邂逅的一刹那，他不经意的一个回眸，便将她收进了心房。

思念，甜蜜，却又苦涩难言。

可是，这一份迟来的爱，却点亮了她的眸光，她的容颜。

身边的人看到变得明媚开朗的她，都说她的气色愈加地靓丽娴静了。

她听了，总是无言地笑笑，露出了恬适好看的笑容。

只有她心里明白，一切的变化，源自于他。

她说，思念是一种病，我们都病得不轻。

他轻轻劝慰，在爱的路上，我们都只是个孩子。

思念，让时间变得漫长。一分分，一秒秒，对她来说，都是煎熬。

她想及他时，总是孤单地立在窗前，看着不远处的湖水，还有湖岸边轻轻吹拂过的风。

每每这时，她的心里，便会更加的思念远方那个让人疼惜的男子。

他看不到她如花的容颜，却看到了她心底的思念和眼角的泪水，心底里有着无比的怜惜。

这个世界上，本无痛苦。

人大多时候的痛苦，是自己的心魔在作祟。

贪婪，执着，不懂得舍弃与放下。

若是懂得释然和放下，便不会再有痛苦。

在万千的人潮中，他多想给她一个温暖的怀抱，轻轻擦拭去她脸上思念的泪痕。

他对她说，嫣儿，在爱的路上，我们都是修行者。慢慢修炼，直到圆满，你我终有相见的那一天。

那一刻，她露出了甜美的笑颜，泪水，不知何时已被喜悦填满。

为了生命中这个挚爱的男子，她愿意等待和修行。

直把自己一颗凡俗的心，修炼成一朵脱俗无尘的蓝莲花。

他和她约定，春花烂漫的时节，共赴一场瑶里的浪漫，然后，再牵手下江南，扬州，金陵，乌镇，西塘，一路风情婉转。

美丽易碎，恩宠难回。太过幸福的爱，连上天都会妒忌。

就在她憧憬着未来相见的甜蜜和烂漫时，幸福却已戛然而止。

她怎么也不愿相信他的离去，听到噩耗的一刹那，她晕厥在地上，整整三天三夜的昏迷。

在梦里，她又一次看到了他消瘦的背影。

水之湄，他着一袭黑色风衣经过她的身旁，却看不到近在咫尺的她。

她瞥见，急忙起身追赶，呼喊。裙裾，被湖水打湿了一大片。

　　而他却已径直远去，直至再也不见。她，泣不成声。

　　风里，再一次飘来了那首令她肝肠寸断的《相见欢》：

　　　　若不是一瞬间，爱过的疯狂，怎么会厌倦，平
　　淡的过往。

　　　　若不是一刹那，承诺的勇敢，怎么会了解，未
　　来的苍茫。

　　　　相见欢，泪满衫，不思量，自难忘。快乐让我
　　们学会悲伤。

　　　　风景背后的荒凉，如果每个梦都要散场，何必
　　为了谁动荡。

素衣莫起风尘叹，
犹及清明可到家

清明时节雨纷纷，路上行人欲断魂。
借问酒家何处有，牧童遥指杏花村。

——唐·杜牧《清明》

清明节是我国一个重要的传统节气。最早可追溯到周朝，距今大约已有两千五百多年的历史了。在古时候，还有个节日叫做寒食节，是在清明节的前一天，因为两个节日仅隔一天，后人便将其合二为一，故清明节又称寒食节。

相传当年，晋公子重耳周游列国，其间历尽艰辛。有一次他挨饿难熬，百般无奈之时，跟随他的介之推就割下自己大腿上的肉给他吃。后来，重耳当了国君（晋文公，春秋五霸之一），就派人去找和母亲一起躲进深山的介之推。可是，他们搜遍了整个大山，还是没有找到介之推母子。于是，重耳便下令放火烧山，想以此逼出介之推。事后发现，介之推与其母被烧死在山上。重耳十分后悔，便规定每年此时不得生火，只能吃冷食，故称寒食节，以此缅怀介之推。

韩翃诗云，"春城无处不飞花，寒食东风御柳斜。日暮汉宫传蜡烛，轻烟散入五侯家。"韩诗写的便是暮春时候，寒食节日，长安城柳絮如雪，宫禁里传递蜡烛的情形。

民间习俗，清明节是祭祖扫墓的日子。因身在江南古镇，不能及时赶回老家，这个清明节，我只能在异乡遥拜先人，倍觉伤感。

古时候的人们，为了祭祀和缅怀已逝的先人们，在寒食节临近时的前后三天，是禁忌烟火的，人们以凉品果腹。于是，一种叫清明果的食物应运而生，而各地的习俗大致相同。只是清明果的原料，因地域和饮食习惯的不同，故而清明果的成分和形状也是不尽相同的。

在我的记忆中，小时候每过清明节，家家户户的大人们，说是大人，其实也就是各家的女主人们，都会特意赶制一种叫清明饼的糕点。

清明饼的原料是糯米粉和糙米粉，按照四六或者三七的比例和水兑成。发好的米粉团，再团成大小适中的小圆饼，在米饼的中间，再放进去各种各样事先拌好的馅料。

家乡的饼馅制作讲究，馅料也极为丰富，一般是洗净的新鲜猪肉、春笋、咸菜、豆腐干、鲜虾米、葱等，各自切成细小的碎丁，剁碎，然后再一起放入一个干净的盆中，加入各色佐料及料酒，搅拌均匀。那饼馅的香味儿，先别说是吃了，光是闻着，都有一股子诱人的鲜味儿。

家家户户的女主人，把制作成半成品的清明饼，先是集中放在一块干净的砧板上，然后下锅用油把饼的两面煎至金黄，再用慢火烘烤，及至烤熟。

在大人们忙活个不停的时候，我们这些小孩，在屋外嬉戏的同时，心里总会牵挂着锅里的清明饼熟了没有。总会时不时地去厨房探头查看一番，当闻到一阵香喷喷的饼香传来时，知道解馋的时候到了。

小时候我的嘴比较馋，总是盼着过各种节日。对于大人们的祭祖仪式，心里却并不太懂。

及至后来，到蹦蹦跳跳上小学的时候，在课本上读到关于清明的诗句，在老师的讲解下，只觉得清明诗意，烟雨朦胧，却并不懂得清明节真正的意义。

独在江南，恰逢小雨哩哩啦啦，我寄宿客栈外的杨柳，在雨中轻轻摇摆着枝条，朦胧诗意，颇有几番清明的况味，让人心生恍惚。

遥在异乡为异客，每逢佳节倍思亲。终于，再也按捺不住内心的感伤和落寞，披了一件小坎肩，借了店家的一把油纸伞，就匆匆走进江南的烟雨中。

细雨如织，轻烟渺渺，远村近舍，皆在烟雨之中，朦胧迷离，宛如一幅硕大的水墨画卷，横斜在天幕之中。过小桥流水，雨轩亭台，转过弯弯的青石雨巷，在水墨氤氲中，我不知道自己究竟要去向哪里，也许只是为了排遣，也许，只是为了江南的这场烟雨。

在小巷的尽头，一家别致的糕饼店，突然就出现在我的眼前。粉墙黛瓦，蔷薇花垂，一面黄色旗幡随风招展，上面的"糕饼店"三字显得特别亲切。轻轻挑帘而入，一位四十上下的老板娘柔声问好。我微笑回应。却见案上蒸笼内，一个个碧绿青翠的清明粿，正冒着热腾腾的热气。

老板娘很善谈，主动给我讲解起来。

老板娘讲，她们的清明糕，原料采用的是一种鼠鞠草，鼠鞠草另一个别名即清明草。鼠鞠草盛产于清明节的前后，是一种多年生的草本植物，叶子很小，形如菊科植物，开絮状小黄花。在春天的田野里，生得一蓬蓬，一簇簇的，煞是好看。采摘洗净捣烂之后的鼠鞠草，色泽葱翠，很绵软的淡粉团，在手里渐捏揉成一团，隐约间有股子扑鼻的清香气。老板娘还说，《本草纲目》中记载，鼠鞠草性平和，还有化痰、止咳、降压、去风之功效。

原来，食疗在我国古时的民间，早已有之。

世味年来薄似纱，谁令骑马客京华？

小楼一夜听春雨，深巷明朝卖杏花。

矮纸斜行闲作草，晴窗细乳戏分茶。

素衣莫起风尘叹，犹及清明可到家。

——宋·陆游《临安春雨初霁》

"素衣莫起风尘叹，犹及清明可到家。"在老板娘的娓娓道来中，在清明粿清甜的香味中，我似乎已经醉了，心也变得柔软起来，年轻起来。仿佛又回到了故里，又回到了童年……

203

长亭外，古道边，
芳草碧连天

> 绿杨芳草长亭路，年少抛人容易去。楼头残梦
> 五更钟，花底离愁三月雨。
>
> 无情不似多情苦，一寸还成千万缕。天涯地角
> 有穷时，只有相思无尽处。
>
> ——北宋·晏殊《木兰花》

长亭，古道，小桥流水人家的江南，青石的街道向晚。

当晚风拂过我的脸。空气里，有一种无言的感伤在流
转。这样的场景，适合怀旧，更适合伤感。"晚风拂柳笛声
残，夕阳山外山。"往事如烟。脑海里，突然地就浮想起了

一代才子李叔同的《送别》诗来。那些城南旧事，那一场今宵别梦寒的送别场景，仿佛就在我的眼前。

蓦然间，顿觉有无数的离愁别绪，在我的眼前，翩飞如蝶。

李叔同，他无疑是个睿智灵性的觉者。而无论他是李叔同，抑或是后来的弘一法师，他都能把自己的生命，吟唱出最灿烂圆满的乐章。

红尘深深，他用一颗智者的灵心，掸落了一切的尘嚣和诱惑。他传奇的一生，充满了太多的诗意和神秘。

一直以来，他都是我最钦佩的男子。许多年前，当我在书卷上看到关于他的传奇故事，读到他在灵隐寺出家为僧，他日本的妻子雪子，带着他年幼的儿子寻迹而至，可他硬是狠起心肠，不相见。

雪子在寺院门外连等了三天，最后依然无法挽回李叔同的心。

山门外，泪流满面的雪儿，哽咽着呼唤："叔同。"

山门内的李叔同却言："请叫我弘一。"

雪子问："弘一法师，请告诉我什么是爱？"

李叔同答曰："爱，就是慈悲。"

在出家前的1915年，尚在杭州第一师范任教李叔同写下了这首《送别》词。其实，《送别》并不是为哪个友人而写，而是一首无所明指的象征送别诗。是李叔同对人生的沉思和参悟，也是了断尘缘的告白。

> 长亭外，古道边，芳草碧连天。晚风拂柳笛声
> 残，夕阳山外山。
> 天之涯，地之角，知交半零落；一壶浊酒尽余
> 欢，今宵别梦寒。
>
> ——民国·李叔同《送别》

《送别》的第一段是"写景"，写在长亭外、古道边送别的画面；第二段则是抒情，抒发知交零落天涯的心灵悲慨；第三段从文字上看，是对第一段的重复，其实不然，是文字重复而意蕴升华：经历了"送友离别"，而感悟到人生短暂，犹如日落，充满着彻骨的寒意。整首歌词弥漫着浓重的人生空幻感，深藏着顿悟出世的暗示。

1917年，当年的风流才子李叔同，在虎跑寺拜了悟法师

为皈依师，为在家弟子。1918年，李叔同与学生刘质平和丰子恺合影留念后，便正式出家。

当时年少，对于爱和情感，心中尚无太多的领悟和定义。只是，我也粗略体会到雪子那一刻的绝望和心伤。而当我渐渐长大，读到越来越多弘一法师故事的时候，我才读懂了他决绝背后的慈悲，也终于明白了那句爱就是慈悲的真义。

千里长棚，没有不散的宴席。人生，亦是如此。

有相聚便会有别离。相聚时的欢畅，愈发衬托出了曲终人散时的那种荒凉。没有人喜欢离别，可却因身在红尘，每个人都在身不由己地体味着人生的悲欢离合，喜怒哀乐。

时光不停地流转，不管我们是否愿意，我们奔波的脚步都无法挽回时光的流逝。或因生活，或因心中各色各样的梦想。于是，离别，就成了生活中不可避免的场景。

"但似月轮终皎洁，不辞冰雪为卿热。"每当吟哦起纳兰的饮水词时，心中都会被容若的痴情深深感动，他真不愧为千古第一痴情种。每每读纳兰的词，我的心都会一点点地沦陷，思绪在他的词意之中沉溺，久久无法抽离。

原来，一个男子的似海情深，竟然会叫人的心，如此地

就这样与你隐于江南，
做一小户人家的儿女，
过一段与世无争的日子。
粉墙黛瓦，竹篱茅舍，
每日读书写字，煮水分茗，
看疏竹摇影，落花入颈。

不堪承受。

于是，在这个薄暮时分的西塘，我再一次忆起你，还有那日你离去时，风中那一抹决绝的背影。

人生若只如初见，该有多少美好被留恋，被珍惜。

你当日给我的欢笑，和后来给予我的泪水同样多。可我，却依然无法去恨你。只因，这一场戏，是我自己入戏太深，对感情太过于执着。可是，可是，我们的缘分，却是如此薄浅。

我知道，你并不是个无情的人。如果我们不曾遇见，两个人的一生，也许会有别样的风景。没有相思，没有等待，没有甜蜜，没有浪漫，自然也就不会受到离别和相思的煎熬。

我也明了，你更不是一个普通平凡的人。你的离开和决绝，定然如你所说的那般无奈。只是，你不知，你已经深深地潜入了我的脑海，如朱砂一般，刻在了我的心底。

关山夜雪，长河冷月。你离开后，我度过了一段无所事事，痛不欲生的岁月。后来，我也终于学会了淡然和平静。可是，可是，每当夜幕降临的时候，我依然会想你，想起你在我耳畔的温暖厮磨和呢喃，想起你拥我入怀的洒脱和放肆。那么欢悦，那么温暖。愈多的欢悦，亦注释着我愈多的落寞和难过。正如此刻，我在电脑上敲下这些文字的时候，早已泪眼滂沱。

青鸟不来，红笺何寄。不知天涯尽头的你，此刻是否还能感知到我的心伤和难过？

想来也是，人生聚散离合，本有定数，如月圆月缺，周而复始。我又何必苦求太多。

月盈之时，便已昭见了日后的月缺。而缺月挂疏桐时，不也正预示着下一次的圆满吗？

那天，在挚友的介绍下，我又仔细阅读了马尔克斯的《霍乱时期的爱情》。在读书的期间，我的心底，一直有着隐隐的感动，也有着莫名的期盼。冥冥中，仿佛有声音在悄悄告诉我，在未来不可知的岁月里，在江南古镇的渡口，你还会与我隔花相见，再续前缘。

那个时候，在春山尽头的长亭外，你浅笑着朝我走来，言笑晏晏，一如幽兰。

古道边，芳草碧连天，夕阳山外山。

此情可待

第八辑

扫一扫进入本章曲单

【忆江南·雨打梨花深闭门】 / 创建者：掌门大人

曾是惊鸿照影来

城上斜阳画角哀，沈园非复旧池台。

伤心桥下春波绿，曾是惊鸿照影来。

——南宋·陆游《沈园》

那天的雨下得哩哩啦啦，仿佛谁的眼泪，一直挥之不去。

轻轻牵着你的手，缓缓游走在曾经的故园。烟雨朦胧中，我的眼神一度迷离。驳墙之端，那一阕哀婉的《钗头凤》，还有风中游荡着的那一份凄婉爱情，让我肝肠寸断，伤心难禁。

1144年，二十岁的陆游与才貌皆佳的表妹唐琬结成了夫妻。英俊的书生与绝美的佳人，倒是一对人见人羡的鸳鸯。他们原本青梅竹马，两小无猜；婚后他们一起吟诗填词，相敬如宾，万分恩爱。在南宋的剩山残水里，成为那个时代最亮艳的一抹春色。

但这样美满的婚姻，并没有博得陆母的欢心。陆母以耽搁儿子的功名前途为由，百般刁难。面对母亲的凌厉和决绝，在孝悌为先的时代，陆游妥协了。最终遂了母亲的心意，另娶王氏为妻，而唐琬也被迫嫁给越中名士赵士程。一曲凄婉的爱情悲剧也因此拉开了序幕……

十年后的一个春天，陆游独自漫游在山阴的沈家花园，无意中与唐琬及其丈夫赵士程相遇。偶然相逢，往事历历，两人一时悲喜交加。只是使君有妇，罗敷亦有夫。纵是有万千感慨在心口，他们也无法再回到从前。唐琬忍悲含泪，为陆游送来了黄滕酒，然后离去。陆游触景伤情，感慨万端，怅然在墙上奋笔题下了这首千古绝唱：

红酥手，黄滕酒，满城春色宫墙柳；东风恶，
欢情薄，一怀愁绪，几年离索，错、错、错！
春如旧，人空瘦，泪痕红浥鲛绡透；桃花落，

闲池阁，山盟虽在，锦书难托，莫、莫、莫！

——南宋·陆游《钗头凤》

这首泣血的《钗头凤》，被陆游题在沈园的断墙之上，之后不久，陆游便被朝廷派往外地。第二年，唐琬重游沈园，在她与陆游重逢的地方，于无意间发现了墙壁上的这首《钗头凤》。唐琬读过，悲痛欲绝，便泣泪和了一首。

世情薄，人情恶，雨送黄昏花易落。晓风干，泪痕残，欲笺心事，独语斜栏。难，难，难！

人成各，今非昨，病魂常似秋千索。角声寒，夜阑珊，怕人寻问，咽泪装欢。瞒，瞒，瞒！

——南宋·唐琬《钗头凤》

归家不久，沉于旧情的唐琬，郁郁寡欢，不久便香消玉殒。此后，陆游走上仕途，各地辗转，数遭罢黜。即便如此，他亦忘不掉前尘往事，忘不掉山阴的沈园和唐琬。在戎马倥偬中，他为她写下了众多悼亡的诗篇。

枫叶初丹槲叶黄，河阳愁鬓怯新霜。

林亭感旧空回首，泉路凭谁说断肠。

多少次，我梦归江南，一个人又幽幽地走过那条悠长悠长的雨巷。在临水人家的阁楼，我又听着夜半船娘的摇橹声，在古老的雕花大床进入梦乡。

坏壁醉题尘漠漠，断云幽梦事茫茫。
年来妄念消除尽，回向禅龛一炷香。

——南宋·陆游

后来，一生报国无门的陆游，在郁闷中亦追随唐琬而去。

烟雨江南，悲情沈园。那天，我们并肩而行，边走边聊。在细雨蒙蒙的春天，共读尘世间最美的爱情。心，却无端地升起一股莫名的惆怅。

踏过江南的青石板，湖边的樱花一瓣瓣，亭外的青苔一点点，颇有一番清冷的况味。疏竹摇曳，花香清幽，我们一起朝圣陆放翁的千古痴情，也曾一片伤心画不成。

沈家园里花如锦，半是当年识放翁。
也信美人终作土，不堪幽梦太匆匆！

你说，陆公子并非怯懦软弱的男子，他的"三万里河东入海，五千仞岳上摩天"，至今仍让人仰视。我亦知唐小姐也绝非薄情寡义之人，那天的红酥手，还有那面墙壁的题红，不知压抑了多少的悲愤和心恸。刘若英唱，"后来，终于在眼泪中明白，有些人一旦错过就不在。"一瞬间，心，无来由地疼痛起来。

那天，回到客栈，我依在你的怀里，感伤难禁。你幽幽地说，此生最疼的就是公子与唐琬的爱情。时光流转，往事变迁，旧时今事，难耐美景良辰。一杯黄滕酒入咙，淡酌往事难省。你要我研磨，与你婉转小令，用红笺，将一腔心事留白。我欣然应之，为你填下了这阕《归自谣·访沈园》：

烟袅袅，池柳扶风疏刺蓼，沈园空忆良人杳。
浮生恰似春恨老，情难了，斜阳暮磬连天草。

元好问说，"问世间情为何物，直教人生死相许。"几百年的光阴流转，多少沧海成桑田。我庆幸，在江南，在江阴的沈园，曾和你有过这样一段美好的相逢；我更庆幸，在万千的人潮中，我们始终手握着手一起走，不离不弃，惺惺相惜。

此情自可成追忆

故人西辞黄鹤楼，烟花三月下扬州。
孤帆远影碧空尽，唯见长江天际流。

——唐·李白《黄鹤楼送孟浩然之广陵》

在烟花三月的季节，和心爱的人一起，直下维扬，一直是我的梦想。南朝宋人殷芸的《小说》记载："有客相从，各言所志：或愿为扬州刺史，或愿多资财，或愿骑鹤上升。其一人曰：'腰缠十万贯，骑鹤上扬州'，欲兼三者。"

烟花三月下扬州，在2015年的春天终于实现。扬州之行，我第一站去的是久负盛名的瘦西湖。瘦西湖原名"保障湖"，是隋唐人工开凿的水道。乾隆年间，诗人汪沆将扬州保障湖与杭州西湖做了一番比较，写了一首咏保障湖的诗："垂杨不断接残芜，雁齿虹桥俨画图。也是销金一锅子，故应唤作瘦西湖。"于是改称瘦西湖。登上虹桥，只见一条长河蜿蜒，如一条锦缎，横贯在扬州城中，两岸游人往来，锦帆点点。古人有："扬州好，第一是虹桥。杨柳绿齐三尺雨，樱桃红破一声箫，处处驻兰桡。"

西湖泛舟，廿四桥观美人吹箫。一直是文人的雅玩。当看到烟雨楼畔那一杆摇曳随风的旗幡时，我知道自己又回到了从前。古老的江南，三月的扬州，仿佛一切都还未曾改变。

仿佛还是那个时候，你牵着我的手，一起走过满城的琼花滚滚。琼花飞春，墙外的桃花点点，明丽娇软。墙角的蔷薇，在风中肆意招展。就连水中的鱼儿也在你追我赶。这些影像，一如那些过往逝去的华年，令人感叹万千。

大运河穿城而过，水声潺潺。仿如是情人之间的低声呢喃。拐过街市的一角，便来到了关东大街。只见各色店铺林立，南来北往的游客万千，走着走着，便来到了袁记字画店前。忽然想起那次，你和我畅谈金石书画的画面。我的脚步便不自主地拐进了店铺。

恍惚之间，我又想起了那次和你共进晚餐。也是这样的傍晚时分，也是这样一家安静的小菜馆，暮色苍茫中，你我相对而坐，距离是那样的近，我甚至能感触到你细微的呼吸。

时间带走了很多，也改变了很多，在经年之后，往往那些能让我们忆起的，偏偏却是我们不能留住的。

店内的光线，有着些许的幽暗，也把街市上的喧闹，隐隐地挡在了门帘之外。店铺里的营生，一如岁月中那些惨惨淡淡的时光。只是掌柜的脸上盛开的笑意，温煦而阳光。

　　墙上，挂着各色各样已装裱好的字画，满目琳琅。突然间，其中的一幅画吸引了我的目光。

　　这是元代书画家管道升的一幅画作，名曰《题画竹》。尺幅上面，龙飞凤舞，边上题诗曰："春晴今日又逢晴，闲与儿曹竹下行。春意近来浓几许，森森稚子日边生！"

　　此画虽非真迹，可在扬州竟然能看到这样逼真的摩品，我大为惊叹。

　　管道升是元代时期最为杰出的女性书画家，善诗词，精书画。她的诗文成就，在历代女词人中，仅次于易安居士。易安居士和赵明诚的故事一直为人所熟知，而管道升和其夫赵孟頫的姻缘和佳话，也颇有精彩可道。尤其是他们的结合，堪称珠联璧合的典范。

　　管道升天生丽质，聪慧过人。史称她"翰墨辞章，不学而能"，自幼便有着极为过人的天赋。她的温婉、她的才情，令吴兴才子赵孟頫对她一见倾心，于是成就了史上这一段经典姻缘。

当岁月给予管道升日渐不凡的成就时，也把她如月华水色的容颜，消磨殆尽。女人迟暮，也许最怕的就是色衰爱弛。彼时的赵孟頫，也有了纳妾的念头。但身为一代书画大家的管道升，却用自己的聪慧，挽回了岌岌可危的姻缘。

管道升那首著名的《我侬词》，这样写道：

你侬我侬，忒煞情多；情多处，热似火；把一块泥，捻一个你，塑一个我。将咱两个一齐打破，用水调和；再捻一个你，再塑一个我。我泥中有你，你泥中有我：我与你生同一个衾，死同一个椁。

据说，赵孟頫看了这首词之后，不禁愧意暗生，想起往日的恩爱种种，于是便打消了纳妾的念头。管道升凭着自己的蕙质兰心，挽回了丈夫的心，两人的感情，更进一步。其实，在古时，士大夫纳妾的行为算来只是极为平常的事儿。即便是寻常的田舍翁，多收了几斗米，还想要再纳一房妻妾呢。

我知道，管道升和赵孟頫这一对佳偶，一直以来都是你尊崇的书画大家。

放灯江南，
脉脉此情谁诉

数声鶗鴂，又报芳菲歇。惜春更把残红折。雨轻风色暴，梅子青时节。永丰柳，无人尽日飞花雪。

莫把幺弦拨，怨极弦能说。天不老，情难绝。心似双丝网，中有千千结。夜过也，东窗未白凝残月。

——宋·张先《千秋岁》

华灯初上，暮色下的西塘，别有一番韵味。

站在送子来凤桥上，放眼望去，但见河道两岸，家家户

226

户的灯盏次第绽放。火红的灯盏，一盏接着一盏，随风倒映在水面上，摇曳起一片活色生香的微澜，宛如一幅水彩的画卷。让人分不出哪里是街市，哪里是河面。

我沿着烟雨长廊，缓缓前行。在一家老字号饭店前，一位小姑娘吸引了我的目光。姑娘年纪不大，十五六岁的光景。她静静地倚在美人靠前，兜售着手中的许愿灯。她的脸上，盛开着莲花一样干净的笑容。

小姑娘正在给一对年轻的恋人，细心地讲解着许愿灯的典故。在小姑娘的面前，摆放着各色各样的许愿灯。有莲花型的、也有元宝形的，五颜六色七彩的，煞是好看。

我停住了脚步，静静地欣赏这美好的画面。眼前的那对小情侣，看起来二十出头的样子，听口音像是北方过来的。那一身的着衣打扮，时尚前卫，应该是来自于大都市的。女孩子长得十分清秀，男孩略显憨态，这样的男女搭配，想来应会有着许多美好的故事。最终，女孩选了一盏粉色的荷花灯，男孩将许愿灯点燃，然后温柔地挽着女孩的手臂，两人一起俯身到河边，轻轻地将许愿灯放行在水面。许愿灯带着男孩和女孩的美好祝愿，随水缓缓而去。

来风桥畔，灯照垆边人影月

我撑着油伞，君一缕如烟

竹染小院，门掩尘喧丝竹寒

深闺梦，豆蔻只闻檐下燕

烟笼西塘雨轻弹，夕光入窗裙衣单

挥袖抚琴涌浪几遍

那一刻，我静静地望着眼前的一幕，忽然想起那年的秦淮河畔，媚香楼前，你拉着我的手，去放飞共同的心愿，你说你最爱莲花灯，一盏一盏，妩媚如心底的香软。这样想着，心底一下子便生出无限的温暖。

就在此时，小姑娘忽然发现我在欣赏她，不觉羞涩地笑起来。很快，便又大方地跟我聊了起来。

原来，小姑娘是个土生土长的西塘人。祖祖辈辈，一直生活在西塘这一方灵秀的土地上。小姑娘说，她们整个家族，从曾祖辈开始，都以制作许愿灯为生。我望着小姑面前各色各样的许愿灯，不禁为匠人的高超的手艺所折服。

我问，小妹妹生意好还做吗？

小姑娘说，游人多的时候，也就是夏天旅游旺季时，那个时节，她的生意才是最好的。

波光潋滟，灯火阑珊。不时有游客光顾小姑娘的生意。我们也就有一搭没一搭地聊着天。我在后来的谈话中得知，小姑娘因家贫，初中没毕业便辍学了。母亲身弱多病，父亲在她初二那年也因病过世。留下了母亲和她还有一个幼小的弟弟。一家人生活的重担，一下子就压在了小姑娘稚嫩的肩膀上。我亦看得出，小姑娘脸上别有一种不属于她那个年纪的沧桑。我的心里，不禁生出几分感叹和钦佩。

小姑娘见我半晌没吭声，扑哧一声笑了出来。我不禁也笑了起来。

见我孤身一人，小姑娘便好奇地问我来自哪里。因为大多来西塘游玩的人，要么是成双结对的情侣，要么就是随团旅游的大众。像我这样孤身旅游的人，倒是不多见，所以她感到比较奇怪。

我笑笑说，自己安静惯了，一个人出行，可以不受拘束，更能自由自在。西塘柔美的景色和深厚的文化，也一直在催促着我来游玩，我指着河面潋滟的灯盏说，你看，一个人不更能体味这种古典的韵味吗？小姑娘看了看我手指的河面，说：姐姐，我总感觉你身上有一种很不一样的东西。听小姑娘这么一说，我不禁笑了，便打趣道：是什么不一样呢？小姑娘说：你看起来斯斯文文的，很像一个文化人。

看着小姑娘一脸的天真，我笑着说，文化人算不上，不过闲来的我，倒是很爱舞文弄墨，也爱写一些香软小词。西塘是我的一个梦，这次过来，就是为了体验这边的民俗风情，我想把西塘写进我的书里，写进我的梦里，你说可以吗，小妹妹。

小姑娘听我这么一说，突然立正了身体，一脸认真地问我：姐姐，那我们今天的谈话，会被你写进书里吗？我想了想，很肯定地告诉她，一定会的。小姑娘又问，那如果书出版了，姐姐能不能赠送我一本呢？我再次给予她肯定的答复。

小姑娘快乐地叫道：哦，太好了。有一天的我，也能被写进书里了。姐姐，我好爱你。

好可爱的妹妹，我也爱你啊。我被小姑娘的这份单纯和质朴感染了，心底生出无限的温暖。原来，快乐有时候，竟是如此简单。给予别人快乐的同时，自己也同时分享了快乐。

明明灭灭的灯盏，倒映在河面上，涟漪不断，像极了我梦中的江南。在跟小姑娘的交谈中，我的脑海里，一直闪现着电视剧《一米阳光》里那个可爱的小姑娘阿夏丽，那样纯真，那样可爱，那样美丽动人。

河畔来来往往的游人不断。那个夜晚，我们一直聊到很晚。后来，我们依依不舍地离别。我把小姑娘的联系方式记在了记事本上。小姑娘看着我，心生不舍。她突然就随手拿起一对许愿灯，硬要塞进我的手里。

我不忍拂了小妹妹的心意，更为这份情谊感动，便十分郑重地收下了。然后趁她转身，偷偷地将一张百元纸钞放进了她的钱盒里。

我将手里的许愿灯点燃，然后小心翼翼地放进了河面。很快，我的眼前，便盛开出两朵美丽的莲花，光明璀璨。我对着流光溢彩的河面，默默许下了心愿。

点燃七色浪漫的许愿灯

祈福我爱的人幸福一生

让那淡蓝色的浪漫在烟雨长廊

把思念的我带去远方

放开七色梦想的许愿灯

载着我的希望我的梦

点亮枚红色的爱情在千年古镇

原爱和被爱意重情深

许愿灯，许愿灯
你像银河散落凡尘
带着我的期待和我的心
渐渐融入我的体温

许愿灯，许愿灯
你是不变千年的山盟
装满我的思绪和我的魂
慢慢变成了永恒

梦在江南，心在江南。放一灯心愿，掬一袭香软，将时光荏苒。

我知道，这一盏盏随水流转的灯盏，一定会带着我的心，我的愿，走向我梦中的江南。那个时候，"兰烬落，屏上暗红蕉。闲梦江南梅熟日，夜船吹笛雨萧萧。人语驿边桥。"那个时候，我一定会与心爱的人，携手双双，倚身在朱栏，共一江春水潋滟，共一帘幽梦阑珊。

两两相忘烟水里

暖雨晴风初破冻。柳眼梅腮，已觉春心动。酒
意诗情谁与共？泪融残粉花钿重。

乍试夹衫金缕风。山枕斜敧，枕损钗头凤。独
抱浓愁无好梦，夜阑犹剪灯花弄。

——宋·李清照《蝶恋花》

岁月的涯岸，总藏有一些散落在风烟里不为人知的旧
事。也许，时隔多年，早已渐行渐远。尽管无从寻觅，却
也无法从记忆中抹去。那些曾经被惊艳的时光，如暮春时节
里，瓣瓣飘零的梨花，风华褪尽，惟遗下一地斑驳的底色，

徒惹赏花的人儿，满怀惆怅，暗自感伤。

流年，流光，流莺。在陌上花开的季节里，已随花事，迤逦而至，荼蘼成海。有道是江南三月的春色，是一场繁盛芜杂未了的花事，凌乱，无有章法。又仿佛掌心里那一道道细密蜿蜒的掌纹，错综复杂，却主宰着一场未知的宿命。而宿命如网，早已布满命运的罗盘。

所有的故事，在谢幕之前，结局早已注定。

只有春风，不懂得季节的荒凉。总会在某个特定的时日，以一场迅雷之势，抵达某一座城池。

这一座城池，曾经镌刻过谁人的姓氏，春风无意，亦无暇去探究。而你我，更是无法去预知。

也许会在某个起风的夜里，抑或在江南的一场雨水和惊蛰来临之前，耳畔会响起你似有若无的叹息。那些风住尘香的过往，也曾渲染过我青葱荷白的如烟往事。而彼时少年的一段风流韵事，也许唯有佳人知。

"朝飞暮卷，云霞翠轩，雨丝风片，烟波画船。锦屏人忒看的这韶光贱。"似这般春色烂漫时节，可曾还会有这样的闲情逸致，合着季节的节拍，来轻轻哼唱上一段昆曲。一曲宛转悠扬的旋律，行云流水般的浅浅吟唱，如见那女子似水如烟，曼妙动人的身姿，依稀走在春天大好的时光里。

也许，你我的因缘际会，不过是一页季节错写成的天书，无人能懂。而青春不知，总是肆意挥霍着那些曾经丰盈的美好，以为那是一座取之不尽用之不竭的宝藏。而花季，也用荼蘼成海粉饰了残缺不全的未知。直到日后那些血淋淋的伤口，赤裸裸地，一一展现于眼前时，便生生地疼了心，湿了眸，才肯罢休。

年华辗转，时光变迁，最初清澈如水的眸光里，渐渐会沾染上些许岁月的风霜。于是乎，不免会轻轻喟叹，原来如花美眷，终是抵不过似水流年的。

谁的青春不迷惘？谁的眼眉尽无殇？

在青春飞扬的韶光里，流淌着的弦音，响彻着清越激昂的心事，情事，荡人心魄。于是乎，我们雀跃着，单刀赴会，急忙忙去赶赴一场，自以为会是地老天荒的缘起。殊不知，缘起和性空，如一枝双生花，开合有度。

红尘的渡口，熙来攘往，有情的过往，终有一日，都将离散。尘缘如水，缘聚缘散，谁又能逃离得了命运罗盘的掌控？一切不过，都只是刹那的因缘际会罢了。

也许是我道行太浅，也许是我入红尘太深，也许过往有

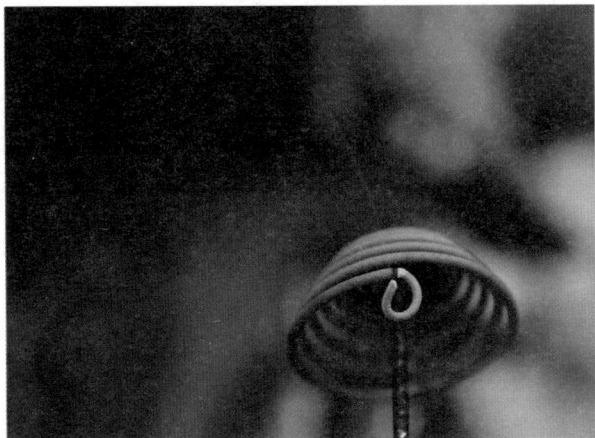

此刻，我在案前掩卷焚香。这样的静好时光，这样的素净文字，刻录下的，都是我在这一段葱茏时光里，一些最真实的切身感受。是独一无二的韶光流年。

一本书卷，一张素琴，再加一壶清茶或一杯薄酒，临窗而坐，听风赏雨，梦游故国。彼时，弦底松风起，渔樵诉古今；樱花月下读，红袖添香时。这样的时节，这样的江南，最适宜心怀古意的才子佳人，吟风弄月，醉卧花下。

太多的贪嗔痴念，在初见你的刹那，我便忘却了自己最初的本性。而我前生，许是佛前的一朵青莲。依稀间，有梵音在耳畔回响起，这一刻的心海，空前地澄明，恬淡，自在。我已然知晓了生命的真谛，人生本就是一场修行。终有一日，我会修得圆满的。

十丈软红，尘嚣纷起。一个人该如何去葆有一颗清澈、剔透、玲珑的初心呢？看似易，实则难。繁花渐欲迷人眼。欲望的尘世，有些路，虽然一开始便注定了蜿蜒错道，可我们却无法绕道而行，或许，这便是青春的代价；或许，这便是我欠你的情缘。

而一路上那些旖旎醉人的风景，时隔多年之后，即使再次想起，依然会有许多的感想在。也许是温润的泪水，也许是暖暖的爱意，也许是苦涩的无言，它们不断在丰盈、滋长着我们的心灵，形成一个生命完整的人生。

也许有些人，从初见的那一刻起，早已预演了日后的别离。只是当时的我们不知，甚至天真地以为那便是我们地久天长的守候，甚至更愿用一生的时光去守护。殊不知，花开有时，相聚有时。有时候，相聚离开，都是我们无法逆转的命数。

当一切的结果，无从改变时，是纠结不舍还是断然放下？需要大智慧。我们心里往往很难去接受，那些无法接受的改变和事实，于是甘愿自己在命运的漩涡和泥潭中，攀爬滚打，最终却只换得遍体鳞伤，尚不醒悟。

此刻不妨，出去走走吧，趁着春光尚未老去之前，去看一朵花，看一片云，看一场风，去看看大自然里的一切有情众生。去聆听花儿的私语，聆听云朵的感悟，聆听风儿的梵唱。让心境澄明，当我们把自己的一颗心完全放空时，就会恍然发觉，许多过去放不下的，原来也是可以一笑而过的。

那么就在此刻，放下一切，趁着春光尚好，趁着年华未老，约上自己，去赶赴一场红尘的浪漫，一个人，私奔吧。不惧怕前路漫漫，风萧萧兮易水寒。心素如莲的你，无需有人等待，何须有人牵挂。一个人的私奔，一样可以很精彩。

小楼一夜听春雨。夜已寂，帘外雨声依旧潺潺。滴答滴答，滴答滴答，绵延不绝的雨声，似是上天在为我做着的某种开示。而我愚钝，想要完全参透其中玄机，尚需时日。

"江湖夜雨十年灯，十年踪迹十年心。"今夜，我寄寓烟雨迷离的江南古镇，独坐于古朴的木质阁楼上，沏上一壶客栈姚掌柜赠送的碧瑶仙芝，一股子明前茶的清香味儿，瞬间，便氤氲了整个江南。

今夜，是我一个人的江南。静听着小轩窗外的声声夜雨，我亦做了一回涯岸的送行人，任那些往事与我一一作别。

微风起于青萍之末。菩提的因子，先于我，已种下。

暮鼓晨钟，菩提梵唱，荡涤尽心中的无明和杂念。子行过阡陌红尘，独坐于须弥山巅，将千山暮雪看尽、万里浮云看开之后，渐渐地，乍现于眼前的，是碧蓝澄明的艳阳天。

那些刻骨铭心的过往和曾经，在此刻，也已释然。缘分写就了劫难，而劫难，却也会让人明心见性，成就菩提。这个世间，有一种情感，叫做相忘于江湖。过后，一切都会云淡风轻，再无情感的纠葛和困惑。无论当初曾经如何浓烈的情感，不经意间，被岁月淘洗而尽，就这样，于今夜，两两相忘烟水里。

就如同我眼前的这一盅茶，品了再品，直至无味。

等到风景都看透，
还陪你看细水长流

　　水调数声持酒听，午醉醒来愁未醒。送春春去
几时回？临晚镜，伤流景，往事后期空记省。
　　沙上并禽池上暝，云破月来花弄影。重重帘幕
密遮灯，风不定，人初静，明日落红应满径。
　　　　　　　　　　——宋·张先《天仙子》

　　西塘名列六大江南古镇之一，也和其他江南水乡小镇一
样，阡陌纵横的水道，各式各样的石拱小桥，一盏盏、一串
串临河高悬的红灯笼，到处洋溢着浓郁的水乡风情。

　　西塘又称活着的千年古镇，已被列入世界历史文化遗产

的预备名单。

这是两种时空文化碰撞擦出的激情火花。因为古老，因为鲜活，因为呈现在人们面前的，是一幅完整的原生态的江南风情。

正值阳春时节，春天的气息，在西塘这块古老的土地上，散发出了鲜活的生命色彩。

映入眼帘的，是满目的红，醉人的绿。高高悬挂着的红灯笼，在岸上，在水里，也在我的心上。河沿两岸，是随处可见的依依垂柳，弱柳拂风，涟漪顿生，风情万种。

就仿佛是在你的心尖上，轻悠悠地拂过，景不醉人，人却已先自醉了。

走在西塘最古老最狭窄的石皮弄，斑驳的粉墙，蜿蜒的曲巷，回环着过往的沧桑。那些悠远的历史，仿佛就在巷子的尽头，在等待着我们，踏过青苔，走过油纸伞，去一一相认。

这样的时光，太美，美得让人有了许多不真实的感觉。

那天，我们手拉着手，一起幽幽地走过一户人家的门前，斑驳的灰墙上，攀爬着绿意横生的爬墙虎，淡淡的小黄花开在门口的一侧，与古旧的门扉，相映成趣，别有一番韵味。

这里的酒吧，一家接着一家，每一家都各具特色，别有风情。在一家别致的酒吧门前，你突然停住了脚步，将我紧紧抱起。你仰首静静地看着我，一脸的温柔。一瞬间，我便羞红了脸颊。却不料想，窥到了酒吧的窗沿上，原来还刻有这样的几个大字："本店只出售浪漫，不包办爱情。"

有人说，西塘是最能发生艳遇的地方。因为她的每一处，看似漫不经心，却都匠心暗藏，风情盎然。我忽然就想，人的一生，也许会不期而遇到一场浪漫，只因彼此间的缘分，那是生命历程中不可预测的一段旅程。而爱情呢，则包含了太多的期许和责任，相对而言也要严肃许多。

而人生的风景，也是由各个不同时期组合而成的。我们都期望着，能邂逅一段人生的真爱，那种一见钟情的倾心美丽，是人们心底里最真最美的等待和期望。

只是相遇太美，太美产生的火花，也如烟花般耀眼，绚丽而短暂。也只有平平实实的感情，才能走到久远。因为生活，不可能永远只是诗情画意，柴米油盐酱醋茶才是感情的主旋律。所以，又有谁能包办得了爱情呢？

灯笼引路，我在找遗落了的姻缘
羽扇轻摇，你含笑的童颜
借过铜板，尝芡实糕轻咬的指尖
而今烟雨蒙蒙湿了谁的眼

　　船行影犹在，两岸的风景不停地变换。我倚着朱栏，看着你这个坏坏的公子，坏坏的笑，又忍不住想起我们的相遇。想起这些年来你对我的呵护，你对我的温柔，你对我的疼怜。心，不觉雀跃。感动，也在一瞬之间盈满。

　　人生苦短，为欢几何。

　　我庆幸，在人生的路途，能和你有这样的相逢，相知和相惜。也期盼着，在最深的红尘里，等到风景都看透，你还牵我的手，温柔依旧，一起看那细水长流。

图书在版编目（CIP）数据

风月江南，你是我此生最美的眷恋 / 似水如烟，白
衣萧郎著. -- 北京：现代出版社，2015.11

ISBN 978-7-5143-4058-7

Ⅰ．①风… Ⅱ．①似… ②白… Ⅲ．①随笔－作品集
－中国－当代 Ⅳ．①I267.1

中国版本图书馆CIP数据核字(2015)第220994号

作　　者	似水如烟　白衣萧郎
责任编辑	杨学庆
出版发行	现代出版社
通讯地址	北京市安定门外安华里504号
邮政编码	100011
电　　话	010-64267325　64245264（传真）
网　　址	www.1980xd.com
电子邮箱	xiandai@cnpitc.com.cn
印　　刷	联城印刷（北京）有限公司
开　　本	787mm×1092mm　1/32
印　　张	8
版次印次	2016年1月第1版　2016年1月第1次印刷
标准书号	ISBN 978-7-5143-4058-7
定　　价	36.80元